BIBLIOTHÈQUE

SENTIMENTALE
JOYEUSE GRIVOISE
ET AMUSANTE

HISTOIRE
D'ERNESTINE
OU
LES MALHEURS
D'UNE JEUNE ORPHELINE.

Par Mme Riccoblui.

LE BAILLY, LIBRAIRE,
Rue Cardinale, 6, faub. St.-Germain.

HISTOIRE

D'ERNESTINE.

HISTOIRE D'ERNESTINE

OU

LES MALHEURS

D'UNE JEUNE ORPHELINE.

PAR Mme RICCOBONI.

PARIS.

LE BAILLY, LIBRAIRE,

Rue Cardinale, 6 (faubourg St-Germain).

HISTOIRE D'ERNESTINE.

CHAPITRE PREMIER.

Mystère et mort. — Une bonne action. — Les enfants de la veuve.

Une étrangère, arrivée depuis trois mois à Paris, jeune, bien faite, mais pauvre et inconnue, habitait deux chambres basses du faubourg Saint-Antoine : elle s'occupait à broder, et vivait de son travail. Revenant un soir de vendre son ouvrage, elle se trouva mal en rentrant dans sa maison : on s'efforça vainement de la secourir, de la ranimer; elle expira sans avoir repris ses sens. ni laissé apercevoir aucune marque de connaissance.

Ses voisines, effrayées de ce terrible accident, remplirent sa triste demeure de cris et d'exclamations; elles, s'appelaient les unes et les autres, et se répétaient : « Christine, hélas! la pauvre Christine! »

Une bourgeoise, dont le jardin se terminait au mur de la maison d'où s'élevait ce bruit, attirée par le désir d'être utile à celles qui gémissaient si haut, fut elle-même s'informer de la cause de leurs clameurs; on l'en instruisit. Pendant qu'on lui parlait, ses yeux se fixèrent sur une petite fille âgée de trois ou quatre ans : cette innocente créature pleurait près de la morte, l'appelait, la tirait par sa robe, et lui criait : « Ma mère, éveillez-vous! ma mère, éveillez-vous donc! »

Le cœur de la sensible voisine s'émut à ce spectacle : elle s'avança, prit la petite dans ses bras, la caressa, essuya ses

larmes. La beauté de l'enfant redoubla
son attendrissement. Elle envoya chercher un homme de justice et donna de
l'argent pour faire inhumer l'étrangère.
Ayant rempli toutes les formalités nécessaires au dessein de se charger de la
jeune orpheline, elle la prit par la main
et la conduisit chez elle.

Celle dont le bon cœur éclatait par
cet acte d'humanité, se nommait madame Dufresnoi, veuve d'un marchand
peu riche, elle s'était arrangée avec la
famille de son mari. Contente de 3,000
livres de rentes viagères, elle venait d'a-
bandonner à des enfants d'un premier lit
des droits assez considérables sur leur
succession. Ce procédé généreux lui pro-
cura la satisfaction de voir établir con-
venablement les filles d'un honnête homme
dont elle chérissait la mémoire.

CHAPITRE II

L'Éducation d'une jolie fille. — Une véritable amie. — Les consolations d'un cœur sensible.

—

Elle était allemande, et ne paraissait pas née dans la bassesse. Elle s'exprimait difficilement en français. A force de l'interroger, on comprit par ses discours, qu'un méchant mari avait contraint l'infortunée Christine à quitter sa maison et sa patrie, et jamais on n'en apprit davantage.

Ernestine pleura sa mère, la demanda souvent dans les premiers jours qui suivirent sa mort. Elle l'oublia, grandit, se forma, devint belle : sa taille svelte et légère, des yeux noirs, pleins de feu, de beaux cheveux cendrés, des dents blanches et bien rangées, un souris doux et tendre, des grâces, un esprit naturel, la rendaient à douze ans une fille charmante. Elle reçut une éducation simple, apprit à chérir la sagesse, à regarder l'honneur comme sa loi suprême : mais vivant très retirée, ses idées ne purent s'étendre ; elle n'acquit aucune connaissance du monde, et conserva long-temps cette tranquille et dangereuse ignorance des vices, qui, éloignant de notre esprit la crainte et la triste défiance, nous porte à juger des autres d'après nous-mêmes, et nous fait regarder tous les humains comme des créatures disposées à nous chérir et à nous obliger.

Madame Dufresnoi, tendrement attachée à cette jeune personne, songeait avec douleur à l'état où elle se trouverait peut-être un jour : que ferait Ernestine si la mort de son amie la laissait sans secours ? Ne pouvant assurer son sort, elle voulut au moins lui donner un travail capable de lui procurer les besoins de la vie et même avec un peu d'aisance. Elle choisit la miniature, et fit venir chez elle un peintre, pour lui apprendre le dessin. Attentive, intelligente et docile, Ernestine s'appliqua, montra de grandes dispositions, les cultiva, fit des progrès, et promettait de devenir habile, quand madame Dufresnoi, attaquée d'une fièvre maligne, fut en peu de moments réduite à la dernière extrémité : elle mourut le cinquième jour de sa maladie.

Henriette Duménil, sœur du peintre qui montrait à Ernestine, était liée d'amitié avec madame Dufresnoi ; elles logeaient l'une près de l'autre et se voyaient assez souvent. Henriette avait environ trente ans, élevée par une de ses parentes, femme riche et répandue dans le monde, elle joignait à un naturel fort aimable, cet agrément que donne l'habitude de vivre au milieu d'un cercle poli. Point de bien, peu de beauté, beaucoup d'esprit, l'éloignaient du mariage. La bonté de son caractère, l'honnêteté de ses mœurs, et sa probité connue, lui attachaient de sincères et de constants amis.

Henriette ne quitta pas madame Dufresnoi pendant sa maladie, et quand il en fut temps, elle arracha la désolée Ernestine d'auprès de son lit, la conduisit chez la parente, et s'enferma avec elle dans son appartement, elle laissa couler ses larmes, en répandit aussi, et lui accorda cette douceur nécessaire à un cœur affligé, cette liberté de se plaindre, de gémir, que des consolateurs insensibles ou maladroits croient devoir gêner, restreindre, nous ôter même; leur zèle approche de la dureté ~ une tranquille raison, de vains discours, de froides considérations blessent une âme accablée du poids de sa douleur. Eh! pourquoi vouloir persuader à un malheureux, que le trait dont il se sent déchirer, doit à peine laisser des traces de son passage!

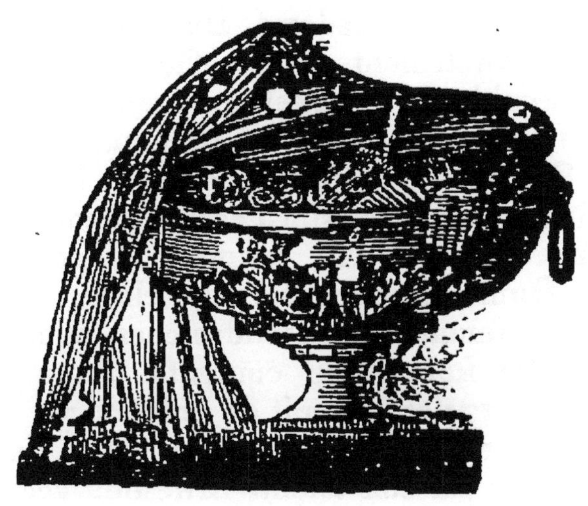

CHAPITRE III.

Une femme de plaisir. — Les dangers de la dissipation. — Progrès rapides d'une jeune écolière.

Henriette, nommée exécutrice testamentaire par madame Dufresnoi, s'acquitta fidèlement de cet office. On vendit les meubles et les effets au profit d'Ernestine, et on plaça sur sa tête une somme de 8,000 liv. qu'ils rapportèrent. Il fallait lui chercher un asile décent et convenable; Henriette ne pouvait la garder : M. Duménil, attaché à son élève, engagea sa femme à la prendre chez elle. Cet honnête homme se contenta d'une très petite pension, promit de cultiver ses dispositions et de la rendre capable de se soutenir par son talent. Ernestine accepta ses offres avec reconnaissance, et dès mois après la mort de sa bienfaitrice, Henriette la conduisit dans la maison de son frère.

La douleur d'Ernestine était plus profonde qu'on ne devait l'attendre d'une personne de son âge : elle pleura madame Dufresnoi, elle la pleurait amèrement, sans pourtant envisager touses les conséquences de la perte qu'elle faisait en elle. Ses larmes avaient pour objet le regret d'être à jamais séparée d'une femme douce, bonne, attentive; d'une tendre, d'une indulgente compagne. Madame Duméuil n'était pas d'un caractère à la dédommager de sa première amie : légère, étourdie, folle même, elle riait de tout, ne s'intéressait à rien ; confondait la tristesse avec l'humeur, et ne voyait dans une personne affligée qu'une personne ennuyeuse.

Cette femme, âgée de 26 ans, avait un goût décidé pour la dissipation et l'amusement : très bornée dans ses dépenses, elle ne pouvait se procurer les plaisirs dont elle était avide, ni consentir à s'en priver. Elle chercha les moyens de satisfaire ses désirs malgré son peu de fortune, et devint l'amie complaisante de plusieurs femmes d'une conduite peu exacte. M. Duméuil, bon, simple, occupé de son talent, ex

soin de ménager une poitrine délicate,
une santé faible et souvent languissante,
laissait vivre sa femme à sa propre fantai-
sie. Une gouvernante, âgée et raisonnable, conduisait la maison, avait de grandes attentions pour son maître. Madame
Duménil allait au spectacle, à la prome-
nade, soupait dehors, rentrait tard, dor-
mait une partie du jour, et comme son
mari ne le trouvait pas mauvais, rien ne
l'engageait à se contraindre. L'élève de
M. Duménil, appliquée à son étude, la
rencontrait à peine deux fois en un mois;
et quand elles se parlaient, c'était avec
politesse, mais avec une mutuelle indiffé-
rence.

Ernestine passa trois années chez son
maitre, sans que rien troublât la paisible
uniformité de sa vie. Parvenue au degré de
perfection où M. Duménil pouvait la conduire, un goût naturel lui fit passer de
bien loin ses leçons : il s'en aperçut avec
plaisir. Comme il était souvent malade,
incapable de travailler lui-même, il pensa
à faire connaître le talent de son écolière :
il engagea plusieurs de ses amis à se laisser peindre par elle, et ces essais commen-
cèrent à lui donner de la réputation.

CHAPITRE IV.

L'original et le portrait. — Une aventure.
— Les ruses de l'amour. — Un homme
dissipé. — Le crédit et les flatteurs.

Un jour que, seule dans le cabinet de
M. Duméuil, elle achevait les ornements
d'une miniature qu'il devait livrer incessamment, elle entendit ouvrir la porte,
se tourna, vit un homme dont la parure
et l'air distingué pouvaient attirer l'attention : par une suite d'application d'Ernestine à son ouvrage, elle fut seulement
frappée de trouver en lui l'original du
portrait où elle travaillait. Elle le salua
sans lui parler; une simple inclination
un signe de sa main l'invitèrent à s'asseoir; il obéit en silence. Ernestine fixa ses
regards sur lui, les baissa ensuite sur le

miniature, et pendant assez longtemps ses yeux se promenèrent alternativement sur l'aimable cavalier et sur son image.

Cette singularité causa autant de plaisir que de surprise au marquis de Clémengis. Il venait presser M. Duménil de lui donner ce portrait, une dame l'attendait avec impatience. Il avait cru trouver le peintre dans ce cabinet, où il travaillait ordinairement : y voir à sa place une fille charmante, occupée à considérer ses traits, si parfaitement attachée à contempler son image, qu'elle semblait se plaire à la regarder; c'était une espèce d'aventure, simple, mais agréable : elle l'amusa, l'intéressa et lui fit une impression très vive.

Pendant qu'Ernestine continuait à comparer l'original et la copie, le marquis admirait les grâces répandues sur toute sa personne. Impatient de l'entendre parler, il souhaitait que son éducation et son esprit répondissent à une figure si séduisante. Il allait commencer l'entretien, quand M. Duménil arriva et lui fit de longues excuses sur ce qu'il ne pouvait encore livrer le portrait. Le marquis, déjà moins pressé de le donner, interrompit le peintre; et voulant se procurer

encore la douceur de voir les eux
d'Ernestine se fixer sur les siens. Il
feignit de n'être pas content, trouva des
defauts de ressemblance, de dessin, de
coloris ; comme il blâmait au hasard, la
jeune élève de M. Duménil ne put s'em-
pêcher de rire de ses observations.

Le marquis la pria d'examiner avec
attention s'il se trompait : elle le voulut
bien. Il se plaça vis-à-vis d'elle : et après
y avoir mis toute son application, Ernestine jugea la copie parfaite. M. de
Clémengis s'obstina ; elle ne céda point : le
son de sa voix, la justesse de ses expressions. un peu de vivacité excitée par les
fausses remarques du marquis, acheva de
l'enchanter. Il demanda une copie de son
portrait, exigea qu'elle fût entièrement de
la main d'Ernestine. Le peintre le promit.
M. de Clémengis, manquant enfin de
prétexte pour prolonger le plaisir de rester avec Ernestine, sortit à regret de ce
cabinet ; et M. Duménil l'accompagnant
jusqu'à son carrosse, satisfit sa curiosité,
en l'instruisant du sort de son élève.

Celui que le hasard venait d'offrir aux
yeux d'Ernestine, joignait à mille agréments extérieurs, un caractère rare, et
peut-être un peu singulier. M. de Clé-

marquis, descendu d'une maison ancienne et distinguée, n'était pas né riche : ses espérances de fortune dépendaient de la révision d'un procès, sollicitée depuis près d'un siècle par ses pères. Son bonheur avait placé dans le ministère un de ses proches parents. Chéri de cet homme puissant, le marquis jouissait de tous les avantages attachés à la faveur ; mais il n'en abusait pas. Plus sensible que vain, plus libéral que fastueux, son âme noble et délicate appréciait la grandeur et la richesse par le pouvoir qu'elles donnent de faire des heureux. Un naturel doux et tendre le portait à désirer des amis ; il trouvait des flatteurs, les servait, et les dédaignait : il découvrait un sentiment interressé dans tous ceux dont il se voyait caressé. L'amour même ne lui donnait point de plaisir sans mélange : s'il goûtait un instant la satisfaction de se croire choisi, préféré, d'importunes demandes, des sollicitations pressantes et réitérées, lui laissaient bientôt apercevoir que son crédit attirait autant que sa personne. Depuis longtemps il cherchait en vain un cœur capable de l'aimer pour lui-même, et s'affligeait de ne pouvoir le trouver.

CHAPITRE V.

Pendant qu'Ernestine s'occupait à copier le portrait du marquis, elle recevait
sa visite tous les matins, et n'attribuait
son assiduité qu'au motif dont il la cou-
vrait. Rien n'avait préparé son esprit à la
défiance : elle ignorait le danger où la vue
d'un homme aimable pouvait l'exposer, et
la simplicité de ses idées la laissait dans
une parfaite sécurité. Quand on n'a jamais
senti le désir de plaire, on plaît longtemps
sans s'en apercevoir ; et l'amour qui se ca-
che ressemble tant à l'amitié, qu'il est
facile de s'y méprendre.

M. de Clémengis, chaque jour plus
charmé d'Ernestine, voyait avec chagrin
que l'ouvrage avançait : pour se conserver
le plaisir d'aller souvent chez le peintre,

il résolut d'apprendre un art qu'il commençait à aimer. M. Duménil, faible alors, comdanné à périr bientôt d'un mal incurable, se trouvait rarement en état de diriger les essais du marquis : sa charmante élève fut chargée de ce soin. Elle apprenait à cet écolier docile à tenir, à guider ses crayons ; lui enseignait à imiter les traits qu'elle-même formait : souvent elle riait de sa maladresse : quelquefois elle le grondait, l'accusait de peu d'intelligence, se plaignait de ses distractions ; et lui montrant deux petites filles qui dessinaient dans la même chambre, elle lui reprochait de profiter moins de ses leçons que ces enfants.

Jamais le marquis n'avait passé des moments si agréables; la douceur de s'entretenir familièrement avec une fille de seize ans? belle sans le savoir, modeste sans affectation, amusante, vive, enjouée, à laquelle son rang, sa fortune ou son crédit n'imposaient aucun égard; qui laissait paraître une joie naturelle à son aspect; dont l'innocence et l'ingénuité rendaient tous les sentiments libres et vrais: être assis tout près d'elle, la nommer sa maîtresse, lui voir prendre une espèce d'autorité sur lui; s'empresser à la contenter, à lui

plaire sans en avouer le dessein, se flatte
d'y réussir ; c'était pour le marquis de
Clémengis une occupation si interres-
sante, qu'insensiblement il devint incapable de goûter tous ces vains amusemens
dont l'oisiveté cherche à se faire des plaisirs.

Madame Duménil, que l'état fâcheux de
son mari forçait à rester chez elle, s'aperçut de l'amour du marquis ; elle lui montra une humeur complaisante, eut de longs
entretiens avec lui, gagna sa confiance,
entra dans ses vues, et contente de sa
générosité, elle commença à traiter Ernestine comme une personne dont elle se
reprochait d'avoir longtemps négligé la so-
ciété. Elle lui fit de tendres caresses,
voulut connaitre ses besoins, ses désirs,
s'empressa à les satisfaires. Chaque jour
rendait la situation d'Ernestine plus douce
et plus agréable ; sa reconnaissance lui fit
oublier la longue froideur de cette femme:
ses bontés la touchèrent ; elle lui pardonna
une légèreté d'esprit dont, après tout,
elle n'avait jamais souffert : quand les dé-
fauts des autres ne nous nuisent pas, il est
rare qu'ils nous choquent beaucoup.
Comme madame Duménil était gaie, complaisante, et qu'un secret intérêt l'enga-

çait à se faire aimer d'Ernestine, elle
inspira aisément de l'amitié à une fille
sensible, qui croyait tenir d'elle l'aisance
dont elle commençait à jouir.

M. Duménil touchait à ses derniers
moments ; la certitude de sa mort faisait
couler les larmes de sa tendre élève, et
souvent le marquis la trouvait tout en
pleurs. Une vive inquiétude se mêlait à
son chagrin : Henriette, partie depuis
deux mois pour la Bretagne, cessa tout
à coup de lui donner de ses nouvelles ;
elle lui manquait dans un temps où ses
conseils lui devenaient nécessaires. Ernestine lui écrivit plusieurs fois, et ne reçut
aucune réponse. Ce silence l'affligea : son
amie était-elle malade ? négligeait-elle de
l'instruire du parti qu'elle devait prendre
après la mort de son maître ? Elle en parla
à madame Duménil, qui la rassura sur la
santé d'Henriette, et la gronda doucement
de lui demander des avis dont elle n'avait
pas besoin. « Me croyez-vous capable de
vous abandonner, lui dit-elle d'un ton af-
fectueux ; songez-vous à me quitter ? Non,
ma chère Ernestine, nous ne nous séparerons point ; vous partagerez ma fortune,
elle est peut-être assez étendue pour vous

rendre heureuse. J'ai des ressources qui vous sont inconue- Gardez le silence sur ce secret ; cessez de vous alarmer, et ne regrettez plus les avis d'Henriette ; ils ne pourraient que déranger le plan tracé pour votre bonheur.

Ces discours, souvent répétés, dissipèrent l'inquiétude d'Ernestine ; mais son cœur fut blessé de l'oubli d'Henriette. En partant elle lui avait promis de s'intéresser toujours à son sort, de lui procurer un asile, si son frère mourait. Elle ne pouvait accorder un procédé si froid avec le caractère d'Henriette· mais l'attachement qu'elle prenait pour madame Duménil affaiblit peu à peu ce chagrin, et sans le vouloir, le marquis aida lui-même à l'en distraire.

CHAPITRE VI.

Les amant généreux et discret. — Le portrait.
Les adieux. — Les maux de l'absence. —
Mort d'un honnête homme. — Une femme
sans cœur.

—

Le temps approchait où M. de Clémengis allait s'éloigner ; le régiment qu'il
commandait venait de passer en Italie, il
fallait bientôt partir pour s'y rendre.
Malgré ses efforts, Ernestine s'aperçut de
sa tristesse ; rêveur, inquiet, il gardait un
morne silence ; le changement de son humeur la surprit, et ses distractions la
fâchèrent, il passait le temps de sa leçon
à soupirer, à se plaindre d'une douleur
intérieure, d'une peine secrète et violente. Ernestine se sentit touchée de l'état
où elle le voyait ; elle lui demanda la
cause avec intérêt, le pressa de la lui

confier : mais voyant que ses questions le rendaient plus triste encore, elle cessa de l'interroger, sans cesser de s'occuper de son chagrin; elle y pensait à tous moments, attendait impatiemment l'heure où le marquis devait venir; portait sur lui des regards curieux et attentifs, et le trouvant toujours sombre, elle baissait les yeux, craignait de rencontrer les siens, n'osait lui parler, et se demandait tout bas : «Qu'a-t-il donc? Je le croyais si » heureux! hélas! aurait-il cessé de l'ê- » tre? »

Pendant qu'elle partageait la douleur du marquis sans en connaître le principe, il s'occupait du soin généreux de fixer pour jamais son sort, de le rendre heureux et indépendant. Madame Duménil, engagée par une grande récompense à paraître répandre sur son amie les biens dont M. de Clémengis allait la faire jouir, ne pouvait comprendre l'étrange conduite d'un amant si libéral et si discret.

«Comment espérez-vous toucher le cœur d'Ernestine, lui disait-elle, si vous lui cachez la passion qu'elle vous inspire; vous l'enrichissez, et vous voulez lui laisser ignorer votre amour et vos bienfaits?

« — Ah! puisse-t-elle les ignorer toujours ces bienfaits, répondit-il! je veux lui plaire et non pas la séduire; la rendre libre? et jamais la contraindre ou l'asservir : j'aime à la voir me montrer une innocente affection, s'attacher à moi sans dessein, sans projet, sans crainte, sans espérance! Un tendre intérêt se peint dans ses yeux depuis qu'elle s'aperçoit de ma tristesse : elle m'aime peut-être! imposerais-je des lois à cette fille charmante? en excitant sa reconnaissance, je génerais son inclination, je m'ôterais la douceur de penser que je possède un cœur qui ne prise en moi que moi-même. »

M. de Clémengis répéta alors à madame Duménil toutes les instructions qu'il lui avait déjà données sur la façon dont elle se conduirait après la mort de son mari. Elle promit de se conformer à ses intentions, de garder fidèlement son secret, et de lui apprendre, par ses lettres, ce qu'Ernestine penserait du changement de sa situation. Peu de jours après cet entretien, M. de Clémengis fut contraint de s'éloigner. Le lendemain de son départ, à l'heure où il se rendait ordinairement chez Ernestine, elle reçut de sa part une boîte fort riche; elle

renfermait le portrait que M. Duménil
avait fait du marquis, et ce billet ·

Le marquis de Clémengis à Ernestine

« Je vous quitte, ma charmante maî-
» tresse : un devoir indispensable m'arra-
» che à la douceur de vous voir, de pro-
» fiter de vos soins, de vos bontés ; mais
» je n'oublierai point vos leçons : pendant
» une longue et triste absence, ma seule
» consolation sera de me les rappeler.
» Dans vos moments de loisir, daignez
» vous occuper à regarder ce portrait, à
» le copier : multipliez l'image d'un ami
» dont le cœur vous est tendrement atta-
» ché ; conservez son souvenir, et sou-
» haitez quelquefois de le revoir. »

Ernestine sentit de l'émotion et de la
douleur en lisant ce billet. Pourquoi
M. de Clémengis s'éloignait-il sans prendre congé d'elle, sans lui dire qu'il par-
tait ? Elle lut plusieurs fois sa lettre, tou-

jours révoltée du mystère de sa conduite : insensiblement elle s'attendrit, le regret succéda au dépit. Elle s'était fait une douce habitude de voir le marquis, de lui parler, de passer des heures entières avec lui : quelle privation ! Elle perdait jusqu'au plaisir de l'attendre.

Ses yeux, mouillés de quelques larmes, s'attachèrent sur le portrait, elle le considéra longtemps, mais ne l'examinant plus en artiste, elle trouva que M. de Clémengis avait eu raison de se plaindre de cet ouvrage. « Voilà ses traits, disait-elle, sa physionomie, mais où est l'âme, la vivacité de cette physionomie ? Où sont ces regards si doux, où l'amitié se peint ? Combien d'agréments négligés ! Est-ce là ce souris fin et tendre, cet air de bonté, de grandeur ? Où sont tant de grâces dont j'aperçois à peine une faible esquisse ? » En parlant, Ernestine repoussait tous les dessins qui étaient sur sa table, cherchait ses crayons ; et, remplie de l'idée du marquis, elle se flattait d'en tracer de mémoire une image plus exacte.

Ce travail intéressant fut interrompu, peu de jours après, par la mort du pauvre Duménil. Ernestine tendrement attachée à cet homme le regretta sincèrement. Sa

seve, pressée d'abandonner un lieu pro-
re à exciter la tristesse, sentiment qu'elle
raignait, se hâta de charger un de ses pa-
ents du soin de ses affaires, et dès que la
ienséance le lui permit, elle se rendit
vec Ernestine à trois lieues de Paris,
ans une maison charmante. Plusieurs va-
ls, prévenus de leur arrivée, se présentè-
ent pour les recevoir et s'empressèrent
les servir.

CHAPITRE VII.

Comment le bien vient en dormant. — Fausse
route et mauvais conseils. — L'amant dé-
fait. — Heureuse vie.

Ernestine pleurait encore; elle se rap-
pelait sans cesse la douceur et l'amitié
que son maître lui avait toujours mon-
trées; cependant l'aspect riant et magni-
fique de ce beau séjour suspendit son
chagrin; les appartements, les jardins,
la vue, l'émail et le parfum des fleurs,
tout surprit ses sens, tout charma ses
regards: « Eh! qui vous a donc pré
cette agréable demeure, dit-elle à
amie? Ceux qui l'habitent doivent se trouver bien heureux. »

« Si la liberté d'y vivre vous
un bonheur, répondit madame Dumé...

jouissez-en, ma chère, et ne craignez pas
de le perdre : je dispose actuellement d'une
fortune assez considérable : cette jolie
terre en fait partie, et vous en êtes la
maîtresse. » Alors elle lui conta une petite
histoire, adroitement préparée, pour lui
persuader que son mariage, contracté malgré ses parents, l'avait privée de ses biens
pendant la vie de son mari.

Rien ne portait Ernestine à douter de
la sincérité de cette femme ; elle ne connaissait ni les lois, ni les usages : elle
la crut sans hésiter ; la félicita de l'heureux changement de sa situation, et se
sentit vivement touchée des assurances que
madame Duménil lui donnait de partager
avec elle toutes les douceurs de son nouvel
état.

Pour contenter son amie, Ernestine fut
obligée d'occuper le plus bel appartement,
d'accepter de riches présents, de se prêter
aux soins d'une femme de chambre des-
tinée à la servir seule : il fallut se laisser
parer. Madame Duménil dirigea l'emploi
de son temps, et voulut obstinément que
sa toilette en remplît une partie. On lui
apprit à relever ses charmes par tout ce
qui pouvait en augmenter l'éclat : insen-

siblement cet art lui devint facile et agréable : elle se plut, elle s'aima même ; mais
ce fut avec une modération dont son heureux naturel la rendait capable en tout.
Un maître à danser vint lui enseigner à
développer les grâces de sa personne : on
lui donna des leçons de musique ; ses
mains adroites s'accoutumèrent bientôt à
parcourir les touches d'un clavecin : une
oreille parfaite la conduisit en peu de
temps à unir les sons de sa voix légère
à leur harmonie. Le désir de plaire à
madame Duménil aidait beaucoup à ses
progrès ; souvent aussi elle était animée
par le plaisir de penser qu'à son retour
le marquis de Clémengis la trouverait
plus instruite, plus aimable, plus digne
de son amitié.

En s'éloignant d'Ernestine, cet amant
délicat s'était proposé de lui écrire souvent ; mais éprouvant une extrême difficulté à le faire sans se livrer à toute la
tendresse de son cœur, il se contentait
de recevoir des lettres de madame Duménil. Elles l'instruisaient chaque semaine
de la santé d'Ernestine et de ses occu-
pations : il apprit avec ravissement qu'elle
employait tous les moments dont elle disposait, à commencer des copies de ses

portrait, ou à retoucher celui qu'elle s'obs-
tinait à faire sans modèle.

Deux personnes qui pensent différem-
ment, ne se trouvent pas également heureuses en jouissant des mêmes avantages.
Madame Duménil, gênée par ses promesses, regrettait souvent ses anciennes
amies et la vie bruyante de la ville. Ses
amusements se bornaient à de longues
promenades; une jolie voiture, un très
bel attelage, lui servaient à parcourir toutes
les campagnes des environs. Quelquefois
elle se repentait de s'être engagée à tenir une conduite si peu conforme à son
goût: mais les avantages qu'elle retirait
de sa complaisance, et l'espoir de retourner à Paris au commencement de l'hiver, lui aidaient à supporter l'ennui de
sa solitude.

Ernestine, accoutumée à la retraite,
vivait parfaitement contente. Tout dans
la nature présentait à ses yeux un spectacle agréable et intéressant : le lever
de l'aurore, le soir d'un beau jour, les
bois, les prés, le chant des oiseaux; les
productions variées de la terre, offraient
à son esprit paisible, ou des objets de
plaisirs, ou le sujet d'une tendre rêverie.
Son penchant pour M. de Clémengis aui-

mait son cœur sans le troubler, lui faisait goûter une partie des douceurs que
donne le sentiment, sans y mêler l'agitation
violente qui s'élève des passions : elle
souhaitait de revoir le marquis; mais une
impatiente ardeur ne rendait pas ce désir un mouvement pénible. Dans cette
position tranquille, qui pouvait engager
Ernestine à porter ses vues au delà des
apparences ? Une situation heureuse ne
conduit point à réfléchir : pourquoi vou-
drait-on approfondir la cause du bonheur
dont on jouit? Le bien-être nous paraît
un état naturel ; son interruption nous
agite ; le malheur nous instruit, étend
nos idées, rend notre âme inquiète, et
notre esprit plus actif parce que la dou-
eur nous fait chercher en nous-même des
forces pour la supporter, ou des ressources pour nous en affranchir.

CHAPITRE VIII.

Dès l'ouverture de la campagne, les
préliminaires de la paix étaient avancés :
les armées n'avaient ordre que de s'ob-
server ; vers le milieu de l'été, elles re-
çurent celui de se séparer, et nos trou-
pes repassèrent les monts. Le marquis de
Clémengis, resté malade à Turin, n'arriva
à Paris qu'au commencement de l'automne.
Après s'être acquitté de ses devoirs les
plus pressants, il céda au désir de revoir
l'objet de sa tendresse, et partit pour
la riante habitation que sa générosité avait
rendu le domaine d'Ernestine.

Elle était seule quand on lui annonça
le marquis de Clémengis. A son nom,
elle poussa un cri de joie, se leva, courut

à sa rencontre, lui fit mille questions, et laissa paraître ingénuement tout le plai
sir qu'elle sentait de le revoir.

Emu, pénétré de cet accueil, M. de Clémengis resta un peu de temps sans parler ; il considérait Ernestine avec autant d'étonnement que de satisfaction. Elle s'était toujours offerte à ses regards dans un négligé propre, mais simple, devant son éclat à sa fraîcheur, à la régularité de ses traits, à ses agréments naturels ; ses charmes relevés par mille graces nouvelles, l'aisance de ses mouvements, la noblesse de sa figure, cette dignité imposante, dont l'innocence décore la beauté, inspirèrent autant de respect que de surprise à M. de Clémengis. Il crut voir cette charmante fille pour la première fois ; elle lui parut née dans l'état où sa générosité l'avait placée. Parée de ses dons, environnée de ses bienfaits, elle ne lui devait point d'reconnaissance ; elle ignorait ses obligations ; rien ne l'asservissait, rien ne l'humiliait aux yeux d'un homme qui, loin d'oser lui vanter ses soins, craignait de les laisser paraître, et s'interrogeait souvent pour s'assurer s'il ne se trompait pas lui-même en motif qui le portait à les prendre.

Pendant plusieurs jours, le marquis conserva une air timide et embarrassé auprès d'Ernestine ; il hésitait en la nommant sa maîtresse, il avait peine à reprendre avec elle ce ton familier et gai de leurs premiers entretiens : peu à peu sa position devint gênante. Avant son départ, occupé seulement du désir de plaire, incertain des sentiments qu'il inspirait, le doute lui laissait la force de cacher les siens : mais voir Ernestine sensible, et n'oser le paraître lui-même ; lire dans ses yeux attendris les plus douces expressions de l'amour, et se taire ! quelle contrainte, quel supplice pour un amant passionné, qui goûtait enfin un bien si longtemps souhaité, celui d'être aimé, véritablement aimé !

Sa fortune dépendant encore d'une contestation difficile à terminer, la nécessité de ménager la faveur d'un parent dont l'amitié méritait sa reconnaissance, le monde, les préjugés reçus, tout élevait une barrière insurmontable entre Ernestine et lui. Il ne songeait point à la franchir : l'honnêteté de son cœur, la noblesse de ses principes, ne lui permettaient pas non plus d'avilir une fille estimable, de mettre un prix honteux à des dons qu'elle n'avait point exigés. S'arracher au plaisir de la voir, c'était se moyen de recouvrer sa tranquillité : mais la dureté de ce moyen le révoltait. Si quelquefois il consentait à s'affliger lui-même, à s'éloigner, la certitude d'être aimé l'arrêtait : comment se résoudre à chagriner l'aimable, la sensible Ernestine! L'éviter, la fuir! elle, qui, dans la simplicité de son cœur, s'attachait tous les jours plus fortement à lui; que penserait-elle d'un ami bizarre et cruel? quelles seraient ses idées? Mépriserait-elle son inconstance, en serait-elle touchée? Oui sans doute; il ne pouvait se dissimuler que sa présence n'excitât la joie d'Ernestine; ah! comment l'en priver, quand elle était peut-être devenue nécessaire au bonheur de sa vie?

Cette dernière considération fut si puissante sur l'esprit de M. de Clémengis, qu'elle fixa ses résolutions. Il ne changea point de conduite avec Ernestine; elle n'aperçut en lui qu'un ami sincère, assidu, complaisant, empressé à lui préparer des amusements, et content d'être admis à les partager.

Les moments qu'ils passaient ensemble, s'échappaient avec rapidité : amants secrets, amis avoués, le désir de se plaire, de tendres soins, de délicates attentions, entretenaient le charme inexprimable de ce commerce intime et délicieux. Ernestine en goûtait les douceurs sans crainte et sans inquiétude; mais un bonheur si grand devait être cruellement troublé, et le temps approchait où la perte de l'heureuse ignorance qui le lui procurait, allait le détruire.

Madame Duménil, peu capable de distinguer les caractères, ne connaissait ni les sentiments, ni les véritables intentions de M. de Clémengis: en s'engageant à seconder ses desseins, elle espérait jouir des plaisirs qu'un amant prodigue rassemblait autour de sa maîtresse. Une maison ouverte, un cercle nombreux, d'amusants soupers, des fêtes continuelles, offraient à son idée la plus brillante perspective: trompée dans son attente, elle prit de l'humeur, se plaignit au marquis de l'ennuyeuse retraite où elle vivait; l'avertit qu'elle ne pouvait la supporter plus longtemps, et menaça de quitter Ernestine, si elle passait l'hiver à la campagne.

Le dessein de M. de Clémengis n'était pas de l'y laisser: il avait fait meubler une maison à Paris pour elle: mais ne voulant point répandre sa jeune amie dans le monde, il se repentait de s'être confié à une femme si peu raisonnable. Il fallait, ou la contenter, ou la séparer d'Ernestine. De nouvelles libéralités et beaucoup de condescendance apaisèrent madame Duménil : elle revint à Paris, et conduisit Ernestine au faubourg Saint-Germain, dans une maison peu spacieuse, mais fort ornée. Deux jours après leur arrivée, elle lui porta à sa toilette plusieurs bijoux à son usage, et un écrin rempli de pierreries.

Ce présent toucha Ernestine comme une nouvelle preuve de l'attentive amitié de madame Dumenil ; mais sa magnificence ne l'éblouit point : elle commençait à s'accoutumer à la richesse, à l'éclat ; et comme elle ne souhaitait pas d'exciter l'envie, elle était bien éloignée de mettre à la possession de ces brillantes bagatelles, le prix que le commun des femmes y attache.

Madame Duménil la pressa de s'en parer ; et se rappelant que le marquis était à Versailles, elle se hâta de profiter de son absence pour mener Ernestine à l'opéra. Son projet était de lui inspirer le goût des plaisirs qu'elle-même préférait, et de contraindre M. de Clémengis à lui laisser la liberté d'en jouir.

La nouveauté des objets attire toute l'attention d'Ernestine ; elle ne s'aperçu

point qu'elle fixait les regards d'une foule
de spectateurs, charmés de la voir et surpris de ne pas la connaître. Une riche parure, peu de rouge, beaucoup de modes-
tie, la figure décente de madame Duménil,
l'air noble de sa jeune compagne, les firent
passer pour des femmes nouvellement ar-
rivées de province. Tous les yeux s'attachèrent sur Ernestine. En sortant de sa
loge, elle se vit entourée et presque pressée
par l'indiscrète curiosité d'un essaim de ces
importuns enfants, abandonnés trop tôt à
leur propre conduite, souvent embarras-
sés d'eux-mêmes, et toujours incommodes
aux autres.

Parvenue au pied de l'escalier, où plusieurs femmes attendaient leurs voitures,
Ernestine reconnut parmi elles mademoiselle Duménil, qu'elle croyait encore en
Bretagne : la voir, s'écrier, percer la
foule, courir à elle, l'embrasser, répéter
Henriette, ma chère Henriette! ce fut
l'effet d'un mouvement si rapide, que sa
compagne ne put ni la prévenir, ni l'arrêter.

Henriette, embarrassée, loin de répondre aux caresses d'Ernestine, paraissait
vouloir s'en défendre, la repoussait doucement. « Y songez-vous, mademoiselle, est-

ce le temps, le lieu, lui disait-elle? &,
pourquoi ce feint empressement après un si
long oubli? Retirez-vous. je vous en prie,
tous nous sépare à présent, et vous ne devez pas regretter la perte d'une inutil
amie? »

« La perte d'une amie! répéta Ernestine, eh! d'où vient, et comment l'ai-je
perdue? Quoi, ma chère Henriette vous ne
m'aimez plus? vous avouez que vous ne
m'aimez plus! — Je vous plains, mademoiselle, dit Henriette, c'est vous aimer encore, c'est vous aimer autant que la différence actuelle de nos sentiments peut me
le permettre. » et la regardant d'un air
attendri : « Aimable et malheureuse fille,
ajouta-t-elle fort bas, est-ce bien vous?
quel éclat! mais quel faible dédommagement
de celui dont brillait la simple, l'innocente
élève de mon frère. » Une dame qui l'accompagnait, l'appelant alors pour sortir, elle la
suivit, et laissa Ernestine étonnée, con-
fuse et presque immobile.

Madame Duménil n'avait osé s'appro-
cher de sa belle-sœur. En retournant chez
elle, un peu d'inquiétude lui faisaitgarder
le silence : elle attendait qu'Ernestine par-
lât, et voulait juger par ses discours de
ceux d'Henriette. Il lui paraissait impossi-

Lorsqu'un entretien si court eût produit de
grands éclaircissements : mais son amie se
taisait, et la consternation où elle la voyait
lui causait un véritable embarras.

CHAPITRE IX

Tourments, inquiétude. — Soupçons fondés.
— Demi-éclaircissement.

Occupée à se répéter les expressions d'Henriette, à en pénétrer le sens, Ernestine s'abîmait dans cette rêverie pénible où la foule des idées ne permet pas d'en apercevoir une distincte et de s'y arrêter. « Henriette me plaint, dit-elle enfin, *tout nous sépare! les bienfaits dont vous m'avez comblée ont blessé ses regards; leur éclat ne convient point à l'élève de son frère! Malheureuse fille*, s'est-elle écriée! Eh! d'où naît cette compassion si différente de celle que je lui inspirais autrefois! Hélas! j'ai toujours excité la pitié; pourquoi ce sentiment m'humilie-t-il aujourd'hui? Dès mes plus jeunes ans, abandonnée au soin de la Providence, recueillie par des mains bienfaisantes, j'ai dû ma subsitance et mon éducation à la généreuse amitié de madame Dufresnoi : Henriette, dépositaire de ses dernières bontés, n'a cessé de m'estimer en me les assurant; pourquoi vos dons m'abaissent-ils à ses yeux? En les recevant, ai-je mal fait? Oui sans doute : le faste et la richesse ne me conviennent point; cet éclat emprunté peut fixer les regards sur moi, rappeler ma première situation, porter l'envie à me la reprocher : que sais-je? peut-être n'est-il pas permis au pauvre de s'élever; l'obscurité, la vie simple et active est peut-être son unique partage : en subsistant des bienfaits d'un ami, tout ce qu'on accepte au-delà de ses besoins, rend peut-être ridicule et méprisable. »

« Eh ! que vous importent les idées d'Henriette? répondit madame Daménil? dépendez-vous d'elle? Cette fille hautaine et sévère a-t-elle des droits sur vous? Comment oserait-elle vous blâmer d'accepter mes dons, quand elle-même doit tout à l'affection d'une parente éloignée? Vous m'avez extrémement désobligée en courant

à sa rencontre : elle m'a toujours haïe;
mais depuis la mort de son frère, j'ai eu le
plaisir de la chagriner. Elle voulait se mêler de ma conduite, régler la vôtre; mais
en lui fermant ma porte, j'ai su m'affranchir de sa tyrannie. Elle est irritée contre
moi, je le sais : comment me pardonnerait-
elle de vous avoir rendue heureuse, sans
lui confier des arrangemens, que l'austérité
de ses principes lui aurait fait rejeter ? »

« Vous avez fermé votre porte à Henriette! s'écria Ernestine surprise ; eh, bon
Dieu ! que m'apprenez-vous ? — D'où vient
vous montrer si fâchée, reprit madame Duménil ? Qu'avez-vous donc à regretter ? Si
je vous prive d'un amie, ne la retrouvez-
vous pas en moi? Après ce que j'ai fait pour
vous, je m'étonne de vous voir si attachée
à une autre. Jouissez sans inquiétude de
cette aisance *qui blesse les regards* de mademoiselle Duménil ; et si le hasard offre
encore à vos yeux une personne si désa-
gréable aux miens, évitez de lui parler ;
vous me devez cette légère condescendance,
et je l'exige de votre amitié. »

Ernestine n'osa insister sur des explica-
tions qu'elle désirait. Elle fut triste, agitée
tout le soir : la nuit augmenta son inquiétude ; mille réflexions s'élevaient dans son

esprit. Pourquoi madame Duménil l'avait-elle toujours assurée que sa belle-sœur était absente? D'où naissait une haine si décidée, si forte? Pendant la vie de M. Duménil, elles ne se cherchaient pas, mais elles se voyaient assez souvent. Comment Henriette se serait-elle opposée à des arrangements avantageux pour son amie, elle qui avait tant de fois souhaité d'être riche et de partager sa fortune avec sa chère pupille! On la traitait de sévère, de hautaine; ces épithètes convenaient-elles au naturel indulgent, à l'humeur douce de mademoiselle Duménil! Ernestine entrevit du mystère dans la conduite de sa compagne; un soupçon vague éleva sa défiance et lui inspira une sorte de crainte : cependant elle essaya de se calmer, de perdre le souvenir de cette rencontre; de donner à madame Duménil une preuve de son attachement et de sa reconnaissance, en se conformant à sa volonté. Mais comment supporter le doute où elle resterait? elle avait cru voir du mépris, de l'indignation dans les yeux de mademoiselle Duménil. Trompée par un faux rapport, son amie l'accusait peut-être d'entretenir la mé intelligence entre sa sœur et elle. Cette dernière pensée ranima le désir de faire expliquer Henriette, et comme Ernestine ne s'était point accoutumée à résister aux mouvements de son âme, elle s'y abandonna, attendit le jour avec impatience, se leva dès qu'il parut, s'habilla simplement, et déjà prête quand on entra chez elle, après s'être encore consultée, avoir hésité un peu de temps, elle demanda des porteurs, sortit seule et se rendit chez Henriette.

CHAPITRE X.

Explication. — Trop d'ingénuité. — La
vertu offensée. — Découverte de la vérité.
— Orages du cœur

Mademoiselle Duménil venait de s'é-
veiller, quand on lui annonça une visite
qu'elle était fort éloignée d'attendre. « Eh ?
bon Dieu ! cria-t-elle à à Ernestine d'un air
surpris, vous voir ici, vous, mademoiselle!
Quelle affaire si pressante peut donc vous
y attirer ? »

« La plus intéressante de ma vie, répondit-elle. Je viens savoir si vous êtes encore
cette amie, autrefois si sensible à mon malheur, dont la main essuyait mes larmes! Si
vous n'êtes point changée, pourquoi m'a-
vez-vous affligée et presque offensée hier?
Si vous cessez de m'aimer, apprenez-moi
comment 'ai perdu votre affection. Je me

plaignais d'une longue négligence, d'un oubli surprenant, me plaindrai-je à présent de votre injustice? » Et passant ses bras autour de son amie, la pressant tendrement : « Parlez, ma chère Henriette, dites-moi *ce qui nous sépare*, et pourquoi mon heureuse situation semble vous inspirer de la pitié. »

« Votre *heureuse situation!* répéta mademoiselle Duménil? si elle vous paraît *heureuse*, un léger reproche peut-il en troubler la douceur? Mais quel dessein vous engage à me chercher? Pourquoi me presser de parler, ne m'avez-vous pas entendue? »

« Non dit Ernestine ; que me reprochez-vous? qu'ai-je fait? en quoi *nos sentiments différent-ils?* ma conduite vous paraît-elle blâmable? — Cette question m'étonne, reprit mademoiselle Duménil : » et la regardant fixement : « Osez-vous m'interroger avec cet air paisible sur un sujet si révoltant, lui dit-elle? Et vous écartant de vos devoirs, avez-vous perdu le souvenir des obligations qu'ils vous imposaient? ne vous en reste-t-il aucune idée? Vous rougissez, ajouta-t-elle, vous baissez les yeux : la pudeur brille encore sur le front noble et modeste d'Ernestine; ah! comment a-t-elle pu la bannir de son cœur? »

« Je rougis de vos expressions, et non pas de mes fautes, dit Ernestine. Exacte à remplir les devoirs qu'on m'apprit à suivre, je ne me reproche rien: cependant vous m'accusez. Je me suis *écartée* de ces devoirs, *en ai perdu l'idée?* qui vous l'a dit? sur quoi le jugez-vous? »

« Je ne vous aurais jamais soupçonnée de cette surprenante assurance, dit Henriette : mais cessons cet entretien ; ne me forcez point à m'expliquer sur les sentiments qu'il peut m'inspirer. Ah! mademoiselle, vous avez fait à la richesse un sacrifice bien volontaire, bien entier, s'il ne vous reste pas même assez de décence pour rougir de l'état méprisable que vous avez choisi. »

«Eh, mon Dieu! s'écria Ernestine tout en pleurs, est-ce une amie, est-ce Henriette qui me traite avec tant de dureté? Un état *méprisable* ! j'ai choisi *cet état!* j'ai renoncé à la *décence!* je l'ai *sacrifiée à la richesse!* moi! comment? en quel temps? en quelle occasion? Quoi! mademoiselle, vous osez m'insulter si cruellement! vous osez m'imputer des crimes! »

Mademoiselle Duménil émue des larmes d'une jeune personne si longtemps chère à son cœur, ne put exciter sa douleur sans la partager : son indulgence naturelle la porta , à excuser Ernestine , à rejeter sur sa belle-sœur l'égarement d'une fille simple et facile à séduire. Elle rêva un moment ; et prenant la main de son amie : « Soyez vraie, lui dit-elle : répondez sans hésiter à mes demandes. Quand je vous écrivis de Bretagne, pourquoi ne me donnâtes-vous point de vos nouvelles ? comment négligeâtes-vous mes avis pendant la maladie de mon frère ? Je vous offrais après sa mort un asile décent et agréable, pourquoi le refusâtes-vous Enfin pourquoi m'écrivit-on de votre part de ne plus m'inquiéter de votre conduite ? »

En satisfaisant à ces questions, Ernestine découvrit à mademoiselle Duménil qu'elle-même se croyait en droit de l'accuser de négligence. Henriette vit qu'on avait tendu des piéges à son amie ; elle ne douta point que, d'intelligence avec le marquis de Clémengis, madame Duménil n'eût soustrait à la connaissance d'Ernestine des lettres capables de l'éclairer sur les dangers de sa situation : elle soupira, s'attendrit. « On nous a trompées l'une et l'autre, dit-elle ; deux perfides ont rendu ma prévoyance inutile ; ils ont bassement profité des circonstances, de mon éloignement, de votre crédulité. Mais où nous conduit cette triste certitude ? Vous vous trouvez heureuse ! quelle apparence de vous ramener à vos premiers principes ? Après avoir goûté les douceurs de l'opulence, est-il facile de s'en priver ? Pourriez-vous renoncer au marquis de Clémengis, à ses bienfaits intéressés ; fuir, mépriser, haïr cet homme vil...—Renoncer à lui ! le fuir ! le mépriser ! s'écria Ernestine ; quels noms osez-vous lui donner ? eh ! pourquoi le fuir ? qu'a-t-il fait ? par où mérite-il d'exciter l'horreur qu'il vous inspire ? »

« Vous m'embarrassez, reprit Henriette ; comment mes discours vous causent-ils tant de surprise ? Ne recevez-vous pas les visites de cet homme ! ne passe-t-il pas une partie du jour dans votre appartement ? d'autres personnes y sont-elles admises ? êtes-vous déterminée à continuer ce commerce déshonorant ! Si vous aimez le marquis de Clémengis, si la seule idée de vous séparer de lui vous révolte, vous arrache un cri de douleur, que venez-vous donc faire ici ? Apprenez-moi le sujet de cette étrange démarche : prétendez-vous excuser votre conduite, me contraindre à l'approuver ? que voulez-vous ? que me demandez-vous ? pourquoi me cherchez-vous ? »

« Un commerce déshonorant, répéta

Ernestine : Eh! depuis quand l'amitié déshonore-t-elle l'objet qui la fait naître, l'excite et la partage? Personne n'est admis dans mon appartement. Et qui chercherait à me voir? le marquis de Clémengis est ma seule connaissance, mon unique ami. Elevée loin du monde, accoutumée à m'occuper, je n'ai point encore senti le besoin de me distraire, de me fuir moi-même, ni le désir de former des liaisons. Madame Duménil, autrefois si répandue, depuis l'instant où elle est rentrée dans ses biens, s'est éloignée de ses amis, n'a plus songé.... — Rentrée dans ses biens, elle! interrompit Henriette, de quels biens me parlez-vous? »

Ernestine conta alors l'histoire que madame Duménil lui avait faite à la campagne; et sans s'apercevoir de la surprise d'Henriette : « Vous me reprochez mon affection pour le marquis de Clémengis, ajouta-t-elle, s'il vous était connu, vous l'approuveriez : oui, l'idée de ne plus le voir me révolte, elle blesse mon cœur; une douce intimité s'est établie entre nous, elle fait mon bonheur, et sans doute le sien. La présence de cet homme aimable m'inspire je ne sais quel sentiment délicieux dont le charme est inexprimable : dès qu'il est près de moi, je me trouve heureuse ; je lis dans ses yeux qu'il est content aussi, et j'aime à penser qu'un même mouvement cause ses plaisirs et les miens. »

Henriette joignit les mains, leva les yeux au ciel. « Mon Dieu, s'écria-t-elle, ai-je bien entendu ! quelle espérance s'élève dans mon cœur ! cet aveu, son ingénuité.... ô ma chère Ernestine, es-tu encore innocente ? » Dans le transport vif et tendre de sa joie elle pressait sa charmante amie contre son sein. « Non, disait-elle, non, Ernestine n'avouerait point un coupable attachement avec cette liberté, elle est trompée, elle n'est pas séduite ; il est encore temps de la sauver du danger où sa crédulité l'expose. »

Des questions suivies, des réponses positives, amenèrent enfin l'éclaircissement que toutes deux désiraient. La conduite du marquis étonnait mademoiselle Duménil, elle lui paraissait singulière, mais elle connaissait trop le monde pour la juger favorablement. Que devint Ernestine en apprenant d'elle où cette conduite pouvait la guider ? Eh quoi ! des soins si tendres, les bienfaits si grands, répandus sur elle avec tant de profusion et de secret, tou-

daient à lui ravir un bien, dont la richesse
et la grandeur ne pourraient jamais répa-
rer la perte.

Mademoiselle Duménil, entrant alors
dans des détails nécessaires à ses desseins,
s'étendit sur la façon de penser libre
et inconséquente des hommes ; sur la con-
trariété sensible de leurs principes et de
leurs mœurs. « O ma chère amie, vous ne
les connaissez pas, lui disait-elle ; ils se
prétendent formés pour guider, soutenir,
protéger un sexe *timide* et *faible :*
cependant eux seuls l'attaquent, entre-
tiennent sa timidité, et profitent de sa
faiblesse : ils ont fait entre eux d'injustes
conventions pour asservir les femmes, les
soumettre à un dur empire ; ils leur ont
imposé des devoirs, ils leur donnent des
lois, et par une bizarrerie révoltante, née
de l'amour d'eux-mêmes, ils les pressent
de les enfreindre, et tendent continuelle-
ment des pièges à ce sexe *faible, timide,*
dont ils osent se dire le conseil et l'appui.

« Ah ! ne comparez pas le marquis de
Clémengis à ces hommes insensés, s'écria
Ernestine ; ne lui supposez point de cruelles intentions ; jamais il n'a formé l'horrible
projet de me séduire, de me rendre méprisable et malheureuse : non, son affec-

tion est aussi pure que la mienne. Ah! si vous le voyiez, si vous lui parliez... — Eh bien! interrompit mademoiselle Duménil, je le verrai, je lui parlerai; je souhaite que son amitié soit innocente et désintéressée : mais en le supposant comment excuser l'inprudence de sa conduite? En vous engageant à vivre dans une terre dont il venait de faire l'acquisition, ne vous a-t-il pas exposée à paraître dépendante de lui! En vous dérobant à tous les regards, ne laissait-il pas croire que vous existiez pour lui seul? Il vous cachait ses bienfaits, mais pouvait-il les cacher aux autres? Madame Duménil est-elle inconnue? ignore-t-on ses facultés? Ses anciennes amies, surprises de ne plus la voir, ont voulu pénétrer le mystère de sa retraite, elle l'ont découvert, elles ont parlé. Depuis le retour du marquis, quelles idées se seront élevées dans l'esprit de vos valets, des siens? idées grossières, mais malignes, étendues, et dont la communication est prompte. Moi-même, ne vous ai-je pas crue coupable? M. de Clémengis est votre ami, dites-vous? Non, Ernestine, non, il ne l'est pas : l'homme qui sacrifie notre réputation à son amusement, à ses plaisirs, est-il donc un ami?

a-t-il donc une *affection pure?* Mais vous pleurez, continua-t-elle, vous gémissez, vous ne m'écoutez point. »

« Je ne vous ai que trop entendue, dit Ernestine; vous venez de détruire la paix de mon âme, tout le bonheur de ma vie! Ah! pourquoi dissipez-vous une si flatteuse illusion? » et cachant son visage inondé de pleurs, dans le sein de son amie : « O ma chère Henriette! pardonnez-moi, lui criait-elle, pardonnez ma douleur, souffrez qu'elle éclate : je ne puis applaudir à votre raison : je ne puis être reconnaissante de vos bontés. Ah, fallait-il m'éclairer! mon erreur me rendait si heureuse! Que je hais le monde, ses usages, ses préjugés, ses malignes observations! Que dois-je à ce monde où je ne vis point? quoi! faudra-t-il immoler mon bonheur à ses fausses opinions? eh! que m'importent ses vains, ses téméraires jugements, quand je suis innocente, quand mon cœur ne se reproche rien? »

« Vous me troublez, vous m'affligez, reprit mademoiselle Duménil. Que vous êtes attachée à M. de Clémengis! ne puis-je essayer de vous rendre à vous-même, qu'en perçant votre cœur de mille traits douloureux? Mais essuyez de pénétrer le séden par ces cris, ces gémissemens dont je suis trop touchée; pourquoi ces larmes? vous êtes libre. Ernestine; eh, bon Dieu! ai-je le droit de vous contraindre, de vous arracher avec violence ce bonheur dont vous regrettiez si vivement la perte? vous pouvez le goûter encore, rien ne s'oppose à vos désirs. Oubliez que vous m'avez vue, perdez le souvenir de mon amitié, de mes vains efforts. Allez, retournez avec la vile complaisante qui s'est bassement prêtée à vous faire connaître cette félicité passagère ; ce n'est pas de moi, c'est d'elle que vous devez vous plaindre : cette femme inconsidérée est la véritable cause de vos peines ; puisse-t-elle ne l'être pas un jour de votre honte et de vos remords! »

« Que je suis malheureuse, s'écria Ernestine! qu'un instant a répandu de trouble et d'amertume dans mon cœur! on craint pour moi la honte et les remords! O ma chère Henriette! ne méprisez pas votre amie ; ne vous offensez pas de mes plaintes, je suis faible, et peut être injuste, la douleur oppresse mon âme, bat mes esprits, je ne me connais plus. Ne me dites point de retourner chez celle qui m'a trompée ; je me livre à vous, à vos conseils, à vos lumières, à votre amitié! Ah! je ne regrette point l'aisance où je vivais, la fortune que j'abandonne! mais cet aimable ami, si tendre, si sincère, imprudent à vos yeux, mais respectable aux miens; cet ami, dont la main généreuse me comblait de biens sans se laisser apercevoir, sans rien exiger de ma reconnaissance; cet ami si cher, si digne de mon estime, de mon attachement, qui s'est fait une douce habitude de me voir, de me parler, d'être avec moi! faut-il l'affliger, le fuir, le quitter durement, l'inquiéter, 'ui causer les mêmes peines que je sens. »

« Non, ma chère Ernestine, il ne le faut pas, reprit mademoiselle Duménil; il faut au contraire le voir, lui parler, lui faire agréer la résolution que vous prenez de quitter madame Duménil. Eh! qui vous dit de renoncer aux douceurs d'un commerce innocent, de vous priver avec effort du plaisir de recevoir les visites de M. de Clémengis? Ne vivant plus de ses bienfaits, retirée dans un asile décent, il vous sera facile et permis de cultiver cette amitié si chère à votre cœur. Écrivez au marquis, priez-le de se rendre à l'instant ici : vous préviendrez l'inquiétude où vous croiez qu'il ne se livre ; un moment d'entretien me fera connaître sa façon de penser ; il ne désapprouvera pas mes conseils, je l'espère : mais s'il les rejette, ne serez-vous pas maîtresse de suivre les siens ? »

Ernestine prit une plume, et d'une main tremblante, elle 'raça ces mots :

« On vient de m'apprendre que ne dois à madame Duménil ni égards, ni recon-
» naissance : ne me cherchez plus chez
» cette femme ; je la quitte pour jamais.
» Vous qui, depuis un an, jouissez de
» mon amitié, de mon estime, de ma plus
» tendre affection, êtes vous un homme
» perfide ? Si vous pouvez justifier vos in-
» tentions aux yeux d'une fille respectable,
» venez chez mademoiselle Duménil ; je
» vous y attends avec crainte, avec impa-
» tience ; je désire, j'espère, je crois que
» vous êtes digne de mes sentiments : ah !
» venez le prouver à mon amie, à ma
» seule amie, si vous m'avez trompée ! »

CHAPITRE XI.

M. de Clémengis arrivait de Versailles et se proposait d'aller chez Ernestine, quand le laquais de mademoiselle Duménil lui remit ce billet. Il obéit sans hésiter, et parut bientôt devant Henriette, avec cette noble assurance que donne la certitude de n'avoir jamais enfreint les lois de l'honneur.

En entrant, il parut surpris de la voir seule. Ernestine venait de passer dans un cabinet d'où elle pouvait l'entendre. Pour la première fois, éprouvant à l'approche du marquis une émotion où le plaisir ne se mêlait pas, elle craignit sa présence, et sentit 'e désir de lui cacher les mouvements de son cœur.

En jetant les yeux sur M. de Clémengis, mademoiselle Duménil devint plus indulgente encore pour la tendre faiblesse de son amie. Comment une figure si charmante n'aurait-elle pas fait la plus vive impression sur une personne si jeune, si peu en garde contre les passions, si accoutumée à suivre les seules inspirations de son cœur? Henriette admira le marquis, et souhaita qu'un heureux naturel répondît à cet aimable extérieur. « Me pardonnez-vous, monsieur, lui dit-elle, d'entrer malgré vous dans votre confidence, de chercher à pénétrer vos secrets, d'oser vous demander compte d'une conduite, dont l'apparente irrégularité est sans doute autorisée par le motif caché de vos démarches: refuserez-vous de m'instruire de vos desseins sur Ernestine? »

« En vérité, mademoiselle, je n'en ai point, dit le marquis, et vous ne sauriez croire combien vous m'embarrassez par une question que je me suis faite mille fois, sans pouvoir me donner à moi-même une réponse satisfaisante. Je désire la tranquillité, le bonheur d'Ernestine; je me suis occupé des moyens de la rendre heureuse; mon cœur s'est avoué ces intentions, je ne m'en connais point d'autres. Oserai-je à mon tour vous demander, mademoiselle, ce qui vous paraît irrégulier dans mes démarches, et pourquoi vous semblez blâmer ma conduite? »

« Je suis fâchée, monsieur, vraiment fâchée, reprit Henriette, que vous puissiez vous croire à l'abri du reproche en exposant la réputation d'une jeune personne dont la sagesse est l'unique bien. Aviez-vous le droit de la soustraire à ma vue, de la priver de mes conseils, de l'engager à quitter un état simple, mais paisible, pour lui faire goûter les douceurs d'une opulence passagère, l'accoutumer à en jouir, et peut-être la conduire à se les assurer par le sacrifice de l'honnêteté de ses mœurs? Eh? quoi! monsieur, vous ne vous reprochez rien, quand vous vous êtes plu à lui inspirer une passion qui la met dans la cruelle nécessité d'être coupable ou malheureuse! »

« Ce dernier reproche me touche, reprit le marquis, je le mérite, je me le fais souvent à moi-même. Dans la position d'Ernestine, dans la mienne, je ne devais, ni nourrir mon penchant, ni exciter en elle une passion qui ne pouvait devenir heureuse sans qu'un de nous ne fît à l'autre un trop grand sacrifice. Mais ai-je tenté de la séduire? l'ai-je trompée par d'éblouissantes promesses? lui ai-je donné de fausses espérances? ai-je abusé de sa crédulité? enfin, ai-je échauffé son cœur par des discours passionnés? me suis-je seulement permis l'aveu de mes sentiments? Content du plaisir d'aimer, charmé de la douceur de plaire, je jouissais d'un bonheur inconnu, peut-être, au commun des hommes; Ernestine le partageait! Ah! mademoiselle, de quel bien vous nous privez tous deux, par le fatal éclaircissement que vous venez de lui donner! »

Mademoiselle Duménil, un peu embarrassée de cette espèce de reproche, ne voulut pas laisser penser à M. de Clémengis, qu'un zèle officieux ou indiscret l'eût engagée à pénétrer le fond d'une intrigue où il était intéressé. Elle lui apprit la rencontre qu'elle avait faite la veille, et ne cacha rien de ce qui venait de se passer entre Ernestine et elle.

« Je consens à vous laisser connaître tous mes secrets, mademoiselle, reprit la marquis; je ne conteste pas vos droits sur une jeune personne dont vous avez pris elle pendant plusieurs années. En la retirant d'un état au-dessous de la médiocrité, j'ai voulu faire pour la beauté modeste et sans appui, ce que mes pareils font tous les jours en faveur de la bassesse, du vice et de l'impudence. Votre amie ne jouit point d'*une opulence passagère*; elle est riche, libre et indépendante. Ayant joué tout l'hiver d'un bonheur constant, tenté la fortune sans pouvoir la lasser; avant de partir pour l'Italie, je me trouvais une somme considérable, dont rien ne m'empêchait de disposer; je la destinai à changer le sort de l'aimable élève de votre frère : mon dessein était de vous la remettre, mais votre départ me força à prendre d'autres mesures. Dirigé par madame Duménil, je déposai une partie de la fortune d'Ernestine, chez l'homme public où vous-même, mademoiselle, aviez placé ses premiers fonds; la terre qu'elle habitait lui appartient; elle est acquise sous son nom et par les soins de cet honnête homme : si j'ai caché les miens à votre jeune amie, c'est par un sentiment dont vous ne pouvez me blâmer. Vous savez tout à présent, jugez-moi, mademoiselle, et daignez me dire si le mystère de ma conduite vous paraît criminel, si j'ai mérité qu'Ernestine

me demande : *Etes-vous un homme perfide ?* »

Henriette rêva un moment ; la noble
franchise de M. de Clémengis, sa générosité, un amour si tendre, si désintéressé,
lui paraissait un sentiment nouveau ; le
grand monde où elle vivait depuis son en-
fance, ne lui en avait jamais donné d'idée.
Elle commençait à regarder l'ami d'Ernestine avec une sorte de vénération ; mais
cherchant encore à s'assurer si elle ne se
trompait point : « Consentiriez-vous, monsieur, lui dit-elle, à laisser jouir Ernestine
de vos bienfaits dans le couvent où j'ai
dessein de la conduire ce soir ? »

« Ah ! qu'elle en jouisse partout où ils
la rendront heureuse ! s'écria M. de Clémengis ; l'ai-je obligée pour la contraindre ? Non, je vous le répète, elle est libre,
elle est indépendante, et je me mépriserais,
si j'osais me croire des droits sur elle. »

Mademoiselle Duménil se leva avec vivacité, courut dans son cabinet, prit Ernestine par la main, et la conduisant auprès
de M. de Clémengis : « Remerciez votre
aimable, votre généreux protecteur, lui
dit-elle, vous ne devez pas rougir de ses
bienfaits, vous n'en avez rien à craindre ;
peut-être n'étiez-vous pas née pour ce se-

cepter, mais les dons de l'amitié n'avilissent jamais. Par une reconnaissance vive et constante, méritez l'ami que votre heureux sort vous donne. »

Ernestine avait tout entendu ; pénétrée d'un tendre sentiment qu'elle n'osait faire éclater, ses larmes furent assez longtemps la seule expression de son cœur. « Mademoiselle Duménil prévient de peu de jours, lui dit le marquis, une proposition que je m'apprêtais à vous faire : les plaintes continuelles de madame Duménil, son obstination à vouloir vous répandre dans le monde, allaient me forcer à vous prier de la quitter ; votre amie m'épargne une explication dont je me sentais embarrassé ; je redoutais l'instant où je vous parlerais, et plus encore les suites d'un éclaircissement que je balançais à vous donner. Mais, pourquoi pleurez-vous ? lui demanda-t-il d'un ton tendre ; auriez-vous de la répugnance pour l'asile qu'on vous propose ? »

« Eh ! monsieur, dit Ernestine, pourrais-je ne pas aimer l'asile que vous me choisissez : je suivrai les conseils de mademoiselle, je me soumettrai aux lois que vous daignerez m'imposer ; elles feront à jamais la règle de ma vie. — Vous impo-

cer des lois, moi, ma chère Ernestine ! s'é-
cria le marquis, quel langage ! puis-je
l'entendre sans douleur ? Et s'adressant à
Henriette : « Je vous en prie, Mademoiselle, lui dit-il d'un air touché, triste
même, eh ! je vous en prie, engagez votre
amie à me traiter avec plus de bonté. »

Ernestine lui tendit la main, voulut
parler ; mais la crainte de voir le marquis
pour la dernière fois serrait son cœur et
liait sa langue ; quelques mots coupés par
ses soupirs découvrirent sa pensée à M. de
Clémengis. Il en fut ému, attendri ; il prit
sa main, la pressa doucement, la baisa :
« Nous ne nous séparerons point, lui disait-il, je vous visiterai souvent, vous me
serez toujours chère, vous m'occuperez
sans cesse ; séchez vos pleurs, levez ces
yeux charmants sur deux personnes dont
vous êtes véritablement aimée ; accordez-
moi la douceur de m'applaudir, devant
votre amie, de n'avoir rien permis à mes
désirs qui vous oblige à rougir devant
elle. »

Mademoiselle Duménil se joignit au
marquis pour consoler Ernestine : ils pri-
rent, de concert, toutes les mesures capables de rendre la nouvelle situation de
cette aimable fille aussi agréable que pos-

elle. Elle-même choisit l’abbaye de Montmartre, et demanda à s’y retirer. Le marquis se chargea de lui envoyer à l’instant sa femme de chambre, le seul domestique qu’elle voulait garder, et la débarrassa du soin d’avertir madame Dumenil d’une si brusque séparation. A sa prière, Henriette consentit à recevoir chez elle les effets les plus précieux d’Ernestine, d’où on les transporterait ensuite à l’abbaye. Elle accepta la régie des biens de son amie, et l’offre que lui fit le marquis d’en remettre les titres entre ses mains.

En se prêtant à ces arrangements, qui allaient lui ravir la liberté de voir Ernestine à tous les moments du jour, M. de Clémengis s’efforçait de paraître tranquille; mais peu accoutumé à déguiser les mouvements de son âme, ses regards découvraient le trouble et l’agitation d’une passion inquiète. Il prit les mains d’Ernestine, et la regardant avec une tendresse inexprimable : « O ma charmante amie ! lui dit-il, n’oubliez jamais un homme qui a pu passer tant d’heures auprès de vous, et réprimer une ardeur dont l’objet et la vivacité lui offraient une excuse si naturelle. Je vous aime ! Vous l’ignoriez; il m’est doux de vous le dire, de vous le répéter !

Oui, je vous aime, je vous adore! Combien il m'en a coûté pour vous le taire si long-temps! Je m'applaudis de vous avoir respectée : plus mes désirs étaient grands, plus l'innocence et la sensibilité de votre cœur me présentaient l'idée flatteuse d'un triomphe assuré, plus la victoire que j'ai remportée sur moi-même est satisfaisante : si vous croyez devoir quelque retour à ma tendre, à ma solide amitié, accordez-moi la récompense d'un effort si difficile, d'une retenue si constante; cessez de vous affliger, dissipez cette tristesse cruelle où vous vous livrez, que je n'en aperçoive plus de trace dans ces yeux chéris; ah! vous le savez, tout mon bonheur dépend d'être sûr de celui d'Ernestine. »

Sans attendre sa réponse, le marquis prit alors congé de mademoiselle Duménil : il sortait, quand, revenant vers elle, il lui demanda, d'un ton timide, s'il lui serait permis de la revoir. Henriette, douce, sensible, vertueuse sans rudesse, dédaignait une sévérité, souvent affectée, toujours rebutante, propre à rendre la sagesse plus incommode que respectable; elle ne croyait pas devoir priver le marquis de la vue d'Ernestine : elle lui répondit, d'un air riant, qu'elle recevrait ses visites avec plaisir.

Obligée de descendre à l'heure du dîner, Henriette ne contraignit point Ernestine à paraître chez sa cousine ; quand elle remonta, on lui dit que son amie n'avait pu se forcer à rien prendre : elle la vit abattue, baignée de larmes, la tête baissée sur son sein, son visage à demi-caché sous un mouchoir inondé de pleurs. Eh ! d'où naît ce redoublement de douleur ? s'écria Henriette : quel sujet, quelles réflexions vous arrachent ces larmes amères ?

« Je ne sais, répondit-elle : j'ignore pourquoi mon âme est si cruellement oppressée ; je ne sentais point de désirs, je ne concevais point d'espérances, ma félicité me paraissait le bonheur suprême ; elle remplissait tout mon cœur ; elle ne me permettait pas de former des vœux : jamais je n'entrevis dans l'avenir un bien au-dessus de celui dont je jouissais, et cependant, ma chère Henriette, il me semble que j'ai fait une perte immense, on vient de me ravir, de m'enlever...... Quoi ! pas même des souhaits ! Ah ! quelle triste lumière les paroles du marquis ont portée dans mes esprit! la position d'Ernestine, la mienne, ne nous permettent point d'être heureux, si l'un de nous ne fait à l'autre un *trop grand sacrifice!* Elle s'arrêta, soupira, détourna les yeux dans la crainte de rencontrer ceux d'Henriette. « Cher Clémengis! dit-elle, tu ne me feras point un *trop grand sacrifice* pour rendre Ernestine heureuse! elle ne l'exige pas; elle ne désire point un bonheur qui porterait atteinte à ta gloire : mes yeux sont ouverts, je vois tout ce qui nous sépare : mais comment, mais d'où vient éprouve-t-on une douleur si vive en renonçant à un espoir qu'on n'avait pas? »

Les caresses de mademoiselle Duménil, les visites du marquis, le temps, la raison, dissipèrent un peu les chagrins d'Ernestine : mais une douce mélancolie devint son humeur habituelle. Après un mois de séjour chez Henriette, elle entra dans le couvent : on lui avait préparé un appartement commode et agréable, elle y découvrit partout les soins de son amant : une petite bibliothèque composée de livres choisis par le marquis, lui offrit un amusement utile, et la facilité d'acquérir des connaissances. Elle continua de prendre des leçons de musique, s'occupa de la lecture,

ce ne négligea point un talent devenu
précieux pour elle, par le plaisir qu'il lui
donnait de multiplier l'image de M. de
Clémengis, des traits si chéris se trouvaient
retracés dans tous les sujets qui se présentaient à son imagination, et son cabinet se
remplissait des portraits de son amant.

Mademoiselle Duménil la visitait souvent, le marquis l'accompagnait quelquefois, mais il se permettait rarement d'aller
seul à l'abbaye. Depuis l'instant où il s'é-
tait déterminé à remettre Ernestine sous
la conduite d'Henriette, il s'attachait à
combattre sa passion; dans ses principes,
il ne pouvait la rendre heureuse, sans ris-
quer le renversement de sa fortune, man-
quer aux égards dus à son oncle, même à
une grande famille dont il lui ménageait
l'alliance. On examinait alors l'affaire ancienne et importante d'où ses espérances
dépendaient, le jugement en était encore
incertain. Si M. de Clémengis perdait à
la fois son procès et la faveur de son
oncle, réduit à un revenu médiocre,
forcé de quitter le service, d'abandonner
la Cour, de vivre loin du monde, savait-il
si ses désirs, affaiblis par la possession, ne
s'éteindraient pas? Qui l'assurait de penser longtemps comme il pensait alors?

Peut-être un jour, injuste dans ses regrets, cesserait-il d'aimer l'innocente cause de sa ruine; peut-être oserait-il l'accuser de sa propre imprudence, rejeter sur elle l'amertume de ses chagrins, la rendre malheureuse, et lui ravir à jamais cette paix, ce bonheur que lui-même s'était plu à lui assurer.

Ces réflexions l'affermissaient dans la résolution de résister à son amour, de ne plus se permettre des soins qui l'entretenaient : il essayait ses forces, se faisait une violence extrême pour laisser passer plusieurs jours sans voir Ernestine, sans lui écrire; mais se reprochant bientôt cette apparente négligence, il courait la chercher, s'enivrait du plaisir de la regarder, et lui trouvant un air triste, abattu, il s'accusait de sa cruauté, se demandait comment il avait pu l'affliger, élever un mouvement de douleur dans cette âme sensible.

La tendre fille n'osait se plaindre de lui; devenue timide, elle rougissait de son trouble, et s'efforçait de le cacher : mais ses regards languissants, ses soupirs, ses questions inquiètes, découvraient la crainte de n'être plus aimée. Perdant de vue tous ses projets, le marquis s'occupait uniquement le soin de la rassurer ; il s'abandonnait à la douceur de lui parler de ses sentiments : et lui rappelant ces temps où, libre de s'entretenir, ils passaient ensemble des heures si délicieuses, il semblait lui reprocher d'avoir cherché des lumières inutiles à son bonheur : « Ah! pourquoi, lui disait-il, avez-vous appris à me craindre, à vous défier de vous-même!

Touchée de ces discours, attendrie par ses propres idées, Ernestine se taisait, pleurait et regrettait peut-être sa première simplicité. Trois mois s'écoulèrent sans apporter aucun changement dans sa situation : au retour du printemps, le marquis se disposa à la quitter, pour se rendre à son régiment ; l'un et l'autre sentirent vivement l'approche de cette séparation, leurs adieux furent longs et tendres, ils pleurèrent tous deux : et loin de s'exhorter naturellement à s'aimer moins, ils se répétèrent mille fois qu'ils s'aimeraient toujours.

Peu de temps après le départ de M. de Clémengis, Ernestine éprouva de l'ennui dans sa retraite : elle désira d'aller à la campagne, de revoir, d'habiter cette agréable demeure, présent de son amant, préparée, embellie par ses soins. Henriette lui représentait qu'elle ne devait pas y vivre seule; cette difficulté chagrinait Ernestine, le hasard la leva : un événement où son bon cœur l'intéressa, lui fit trouver une compagne.

CHAPITRE XII.

Amour et mystère. — Tendres reproches.—
— Assaut de générosité. — Ruine. Déses-
poir.—Beau dévouement.

Madame de Ranci, agée de trente-six
ans, belle encore, aimable et malheureuse, retirée depuis trois ans à l'abbaye, s'était attachée à montrer de la
complaisance et de l'amitié à la jeune
Ernestine : veuve, et réduite à la plus
grande médiocrité, par des accidents fâcheux, il lui restait seulement une petite
rente sur un particulier; cet homme,
manquant de bonheur ou de conduite,
dérangea ses affaires ; pressé par ses
créanciers, il prit la fuite, passa en
Hollande, et livra madame de Ranci à
toutes les horreurs de l'extrême pau-
vreté.

Ernestine, élevée, soutenue, enrichie par la tendre compassion de ses amis, se plaisait à répandre sa libéralité sur tous ceux qui lui offraient l'image de son premier état; son cœur toujours ouvert aux cris de l'indigent, cherchait à rendre à l'humanité les secours qu'elle-même en avait reçus.

Pénétrée du malheur de madame de Ranci, elle prit des mesures avec mademoiselle Duménil, pour faire passer sur la tête de cette femme désolée, le petit héritage de madame Dufresnoi, et ce qu'elle y ajouta, remplaça sa perte, et même étendit un peu son revenu. La reconnaissance se joignant à l'amitié dans le cœur d'une femme honnête et sensible, elle sentit bientôt pour Ernestine les sentiments d'une tendre mère, reçut avec joie la proposition de s'attacher à son sort, de vivre toujours avec elle, et de l'accompagner dans sa terre, où elles se rendirent un mois après le départ de M. de Clémengis.

Ernestine revit avec transport ces lieux chers à son cœur : elle ne cachait point à madame de Ranci la cause du plaisir qu'elle sentait de les habiter, elle lui montrait les lettres du marquis, ses réponses ; l'entretenait de ses sentiments pour cet

homme aimable; lui parlait de ses obligations, de sa reconnaissance, de sa tendresse, de la douceur qu'elle éprouvait en
pensant à lui ; et quand son amie lui demandait où devait la conduire un amour
si vif, quand elle l'interrogeait sur ses espérances, des soupirs, des larmes, inter-
rompaient les effusions de son cœur; elle
avouait qu'elle n'en avait point : sans rejeter les conseils prudents de madame de
Ranci, sans se révolter contre ses réflexions,
elle l'écoutait, convenait de la justesse de
ses observations, et lui laissait voir qu'elles ne la persuadaient point. Rien ne pouvait l'engager à oublier le marquis, à renoncer au plaisir de l'aimer, à la certitude
de lui plaire.

Vers la fin de l'été, mademoiselle Duménil, prête à retourner en Bretagne, voulut,
avant de partir, passer quelques jours
chez Ernestine; en la quittant, elle lui
recommanda de ne pas attendre M. de
Clémengis dans cette belle solitude, et ne
l'y laissa qu'après avoir obtenu d'elle une
promesse de rentrer bientôt au couvent.

Cette parole donnée à mademoiselle Duménil embarrassa bientôt l'aimable et tendre Ernestine. Le marquis allait revenir;
le conjurait de rester chez elle, de pas

ser l'automne à la campagne, de lui permettre de la revoir encore avec une liberté dont elle ne devait pas craindre qu'il abusât; la présence de madame de Ranci suffisait, disait-il, pour la rassurer contre de malignes observations; la même prière se renouvelait dans toutes ses lettres, il la pressait avec ardeur, il semblait que tout son bonheur dépendît d'obtenir d'elle cette grâce.

La faible Ernestine ne pût se défendre de lui accorder une faveur si vivement demandée : « Je lui dois tout, disait-elle à madame de Ranci, ne ferai-je rien pour lui? en résistant à ses désirs, je m'accuse d'ingratitude : est-ce à moi de l'affliger? Ah! dans tout ce que l'honneur ne me défend pas, pourquoi ne céderais-je point à ses volontés? pourquoi sacrifierais-je à la crainte d'être injustement soupçonnée, la douceur véritable de lui causer de la joie? Vous me soutiendrez contre moi-même, vous daignerez remplir à mon égard les devoirs d'une mère tendre et vigilante, vous ne me quitterez point ; témoin de ma conduite, vous me justifierez auprès d'Henriette : eh! que m'importe le reste du monde? l'estime de mes amis, la mienne, suffisent à ma tranquillité. » Ma-

dame de Ranei combattit en vain une résolution déterminée, et M. de Clémengis eut
le plaisir de retrouver Ernestine à la campagne, et de s'assurer qu'il devait sa complaisance à l'amour.

Il en jouit pendant plusieurs jours,
sans paraître porter ses idées au-delà du
bonheur qu'il s'était promis : mais un
amour avoué peut-il se contenir dans les
bornes étroites que l'amitié prescrit ? Un
désir satisfait élève un désir plus ardent
encore ; les souhaits se multiplient les
vœux s'étendent ; une grâce reçue ouvre
le cœur à l'espérance d'une grâce plus
grande ; l'espace immense qui semblait
éloigner un point à peine aperçu, disparaît
insensiblement, et la pensée se fixe sur
l'objet qu'on n'osait même concevoir.

Libre de prolonger ses visites, de passer une partie du jour auprès d'Ernestine,
le marquis de Clémengis montra de l'humeur. La présence continuelle de madame
de Ranci le gênait, et son attention à ne
pas quitter sa jeune amie, la rendait in-
supportable à ses yeux. « Fallait-il accoutumer cette femme à vous suivre avec
tant d'affectation, disait-il à Ernestine,
à ne jamais vous perdre de vue ? exigez-
vous d'elle cette importune assiduité ? me

craignez-vous? avez-vous cessé de m'estimer! Quoi, des précautions contre moi! est-ce vous, est-ce Ernestine qui me laisseroir une défiance injurieuse? Que de froideur! de réserve' non, votre amitié n'est plus aussi tendre. Ah! qu'est devenu ce temps, cet heureux temps, où, dans ces mêmes lieux, vous accouriez au-devant de mes pas avec une joie si vive! où votre bras s'appuyait sur le mien, où nous parcourions ensemble toutes les routes de ce bois où vous vous plaisiez tant! O ma chère amie, il est donc vrai que vous êtes changée? »

Ces reproches touchaient Ernestine, pénétraient son cœur, lui arrachaient des larmes, et jamais la plus légère plainte : elle supportait la triste uniformité de ces entretiens, avec une patiente indulgence. Les chagrins du marquis, sa pâleur, son abattement, élevaient des craintes dans son âme, elle tremblait pour des jours si précieux. « Je ne vous importunerai bientôt plus, lui disait-il, les yeux baignés de pleurs. » Elle commença à se repentir d'une complaisance dont elle n'avait point prévu les suites « Mon imprudence vient d'irriter une passio si long-temps réprimée, répétoit-elle à madame de Ranci, je n'en connaissais encore que les douceurs, j'en éprouve à présent toutes les amertumes. » Cette femme, alarmée du danger de sa jeune amie, le pressait de retourner à Montmartre. Ernestine y consentit ; mais avant de partir elle écrivit à M. de Clémengis, et lui envoya sa lettre par un exprès, à l'instant même où elle rentrait au couvent ; il l'ouvrit avec empressement, et sa surprise fut extrême d'y trouver ces paroles.

Lettre d'Ernestine.

« Quelle douleur pour moi, monsieur,
» d'exciter vos plaintes, de m'accuser
» de toutes vos peines, de me reprocher
» l'état affreux où vous êtes ! Eh quoi !
» c'est donc moi qui vous afflige ? Puis-je
» le croire, puis-je m'en assurer, quand
» votre bonheur est l'objet, l'unique ob-
» jet de tous les vœux de mon cœur ?
» Hélas ! par quelle fatalité ce bonheur
» semble-t-il dépendre aujourd'hui de
» l'égarement d'une fille que vous res-
» pectiez autrefois ! Soyez juge dans votre
» propre cause, dans la sienne, et pro-
» noncez entre votre cœur et le mien

« Ma réserve vous blesse? Eh mon-
» sieur! m'est-il permis de vous traiter
» encore avec une familiarité dont mon
» ignorance était l'excuse? Pendant long-
» temps j'osai vous regarder comme un
» frère chéri : l'extrême différence de
» nos fortunes ne me frappait point; dans
» ces temps heureux, rien n'arrêtait les
» témoignages de mon innocente affec-
» tion. Je ne suis point changée; ah! pour-
» quoi vous obstinez-vous à penser que
» je le suis? Ce n'est pas vous, monsieur,
» c'est moi-même que je crains. Je suis
» jeune, je vous dois tout, je vous aime;
» oui, monsieur, je vous aime, je le dis,
» je le répète avec plaisir; je ne rougis
» pas de vous aimer. Le premier instant
» où vous parûtes à mes yeux, fit naître
» cette tendresse que le temps a rendue a
» vive : sentiment cher à mon cœur, le
» seul qui m'attache à la vie! Tant de
» bienfaits, si généreusement répandus
» sur moi, m'assuraient un sort paisible;
» mais l'amour que vous m'inspiriez fai-
» sait mon bonheur, mon souverain bon-
» heur! Penser sans cesse à vous, m'oc-
» cupa du soin de conserver votre amitié,
» de mériter l'estime de mon respectable
» ami, vous voir quelquefois, lire dans

» vos yeux que ma présence excitait
» votre joie, c'était pour moi le bien su-
» prême! Une félicité si grande est-elle
» à jamais détruite? Ne me la rendrez-
» vous point? Non, il n'est plus en votre
» pouvoir de me la rendre!

« *Vous ne m'importunerez pas long-
» temps!* Quelle cruelle expression! je
» ne puis supporter la certitude de faire
» votre malheur; elle pénètre mon âme,
» elle déchire mon cœur. En me retirant,
» en abandonnant les lieux où je vous
» voyais sans contrainte, j'ai suivi des
» conseils prudents : mais je ne vous fuis
» point, je ne prétends pas élever une
» barrière entre vous et moi; prête à quit-
» ter cet asile, si vous le voulez, je sou-
» mets ma conduite à votre décision. Si,
» pour sauver vos jours, il faut me rendre
» méprisable, renoncer à mes principes,
» à ma propre estime, peut-être à la
» vôtre, je ne balance point entre un in-
» térêt si cher et mon seul intérêt. Or-
» donnez, monsieur, du destin d'une fille
» disposée, déterminée à tout immoler à
» votre bonheur : mais avant d'accepter
» un si grand sacrifice, permettez-moi
» de remettre dans vos mains tous les
» dons que vous m'avez faits : les garder,

» en jouir, ce serait laisser croire que vous
» m'aviez enrichie pour me perdre. Sauvez
» vous au moins votre honneur, une légère
» partie du mien : qu'on ne m'impute ja-
» mais la bassesse d'avoir reçu le prix de
» mon innocence. A ces conditions, Mon-
» sieur, la tendre, la malheureuse Ernes-
» tine tiendra la conduite que votre ré-
» ponse lui prescrira. »

« Ah, grand Dieu! s'écria le marquis
en finissant de lire, ai-je pu porter cette
charmante fille à m'écrire ainsi? quelle
étrange proposition, mais que de bonté,
de tendresse, de générosité dans cet aban-
don de ses principes, d'elle-même! Aimable Ernestine! qui, moi, je t'avillirais!
j'abuserais de ton amour, de ta noble
confiance... ah! tu n'as rien à craindre
de ton amant, de ton ami, de ton recon-
naissant ami. Périsse l'homme injuste et
cruel, qui ose fonder son bonheur sur la
condescendance d'une douce, d'une sensible créature, capable de s'oublier elle-
même, pour le rendre heureux.

M. de Clémengis se hâta de répondre
à l'inquiète Ernestine. L'agitation de ses
esprits, l'attendrissement de son cœur,
ne lui permirent pas de mettre beaucoup

d'ordre dans sa lettre. Il la remerciait
d'une preuve si extraordinaire de ses
sentiments; il s'en plaignait aussi, lui reprochait doucement de l'avoir soupçonné
d'un dessein qu'il ne formait pas. « Ah!
comment avez-vous pu croire, lui disait-
il, que votre ami voulût être votre tyran. »
Il terminait sa lettre par des expressions
tristes et vagues; elles semblaient annoncer sa visite pour le soir; il promettait une confidence, elle expliquerait ce
qu'il n'osait lui dire en ce moment, ce
qu'il se trouvait malheureux, bien malheureux de devoir lui apprendre.

Ernestine était avec madame de Ranci,
quand on lui apporta la lettre de M. de
Clémengis; elle la prit en tremblant, la
tint long-temps sans oser l'ouvrir, une
pâleur mortelle se répandit sur son visage.
« Voilà l'arrêt de mon destin, dit-elle;
ô madame de Ranci! si vous saviez...
qu'ai-je fait! que me dit-il? je suis perdue

Cette femme, ignorant le sujet de sa
terreur, s'étonnait de la consternation où
elle la voyait. Ernestine rompit enfin le
cachet, et portant des regards timides sur
ces caractères chéris, les larmes de joie
inondèrent bientôt cette lettre consolante,
elle la pressa contre son cœur, la baisa

mille fois. « O mon respectable ami! pardonne-moi, répétait-elle ; non, je ne devais pas le soupçonner. » Découvrant alors à madame de Ranci la cause de son effroi, elle fit passer dans l'âme de ses amie une partie des mouvements qui affectaient la sienne.

En relisant la lettre du marquis, Ernestine recommença à s'inquiéter. « Eh! que doit-il donc m'apprendre? demandait-elle à madame de Ranci; il veut me quitter peut-être, renoncer à me voir, tout m'annonce une triste séparation. Que signifient ces expressions : » *Quand je vous disais, je ne vous importunerai plus, j'étais bien éloigné de vouloir élever dans votre esprit ces idées funestes où je vois trop qu'il s'abandonnait! J'ai cherché, j'ai fui l'occasion de vous dévoiler le sens de ces paroles. Hélas! ma chère Ernestine, quelle triste confidence ai-je à vous faire! quel sacrifice mon devoir exige! Il ne m'est plus permis de vivre pour moi-même ; il ne m'est plus permis d'espérer d'être heureux.* « Ah! je vais le perdre, s'écriait-elle, mon cœur me le dit! Eh! d'où vient ne peut-il vivre heureux et me voir, et m'aimer? Comment un même sentiment produit-il de si différents effets ? Mon amour est un bonheur si grand pour moi ! faut-il que le sien trouble la douceur de sa vie ! »

Elle attendit impatiemment l'heure où elle croyait recevoir la visite de M. de Clémengis. Le temps s'écoulait lentement au gré de ses désirs, le jour finit, et son inquiétude augmenta. Le lendemain, à son réveil, on lui présenta une lettre du marquis : elle déchira l'enveloppe avec précipitation, et cherchant avidement la confirmation de ses craintes, elle la trouva dans ces paroles :

Lettre de M. de Clémengis.

« Oh ! ma chère Ernestine ! après la
» preuve touchante que vous venez de me
» donner de vos sentiments, puis-je, sans
» expirer de douleur, vous annoncer mon
» départ, et l'événeme... qui doit le suivre !
» Faut-il percer votre cœur du même trait
» dont le mien se sent déchirer ! »

» Fille aimable ! née pour le bonheur de
» ma vie, digne du sort le plus brillant ;
» ah ! que le mien ne dépend-il de moi ! Le
» devoir, la reconnaissance, des engage-
» ments pris depuis longtemps, renversent

« toutes mes espérances : mais en avais-je?
« comment me suis-je flatté.... Ah! fallait-
« il vous conduire à partager une passion
« inutile! Que d'amertume, que de regrets
« se mêlent à des peines si vives! me par-
« donnerez-vous? ne me mépriserez-vous
« point? ne me haïrez-vous jamais? Ma
« chère, ma tendre amie, daignez me ras-
« surer sur mes craintes; dites-moi que
« vous me pardonnez; ne me refusez pas
« une consolation si nécessaire à mon cœur,
« à mon cœur affligé.

« Le malheur de ma vie est enfin déter-
« miné. Mon oncle a levé tous les obstacles
« qui s'opposaient encore à mon mariage;
« il me contraint, il me force d'aller rendre
« des soins à mademoiselle de Saint-André.
« Dans une heure je pars avec son père; il
« me mène à une terre où la maréchale de
« Saint-André nous attend. Sa fille sort
« demain du couvent; on va nous présenter
« l'un à l'autre; on nous unira bientôt,
« sans nous consulter, sans s'embarrasser si
« nos cœurs sont disposés à se donner.
« Quoi! ma chère Ernestine, je vais me
« lier, me lier à jamais! et ce n'est point à
« vous...

« Je croyais jouir plus long-temps de
ma liberté On devait attendre la décision

« du parlement. L'incertitude de mes droits
« sur une riche succession, sur d'immenses
« arrérages, retardait le consentement du
« maréchal de Saint-André. La libéralité
« de mon oncle me désole en ce moment ;
« une donation m'assure tous ses biens ; j
« n'ai plus d'espoir.

« Vous prierai-je de m'oublier ? Non,
« oh ! non, je ne puis désirer de vous ou-
« blier ! Vous serez toujours présente à
« mon idée, toujours chère à mon cœur ; je
« penserai sans cesse à vous : je vous écri-
« rai ; je vous entretiendrai de mon estime,
« de mon amitié, et malgré moi, peut-être,
« de ma tendresse ; je ne vous la rappelle-
« rai point pour vous presser de la partager
« encore, mais pour vous prouver que le
« temps ne peut ni l'affaiblir ni l'éteindre.

« Vivez paisible, vivez heureuse ; que le
« souvenir d'un sincère, d'un véritable,
« d'un constant ami, vous arrache quelque-
« fois un soupir : mais que ce soupir soit
« tendre et non pas douloureux... Je ne
« puis retenir mes larmes ; elles s'échap-
« pent de mes yeux, elles effacent ce que
« j'écris. O ma généreuse amie ! vous en
« répandrez sans doute ; puissent-elles n'ê-
« tre pas aussi amères que les miennes ! Je
« vous aime, je vous adore, je vous fuis,

« je vous perds, je suis le plus infortuné de
« tous les hommes. »

De quels mouvements cette lecture agita
le cœur de la sensible Ernestine! Elle
l'interrompit cent fois pour laisser un libre
cours à ses pleurs, à ses soupirs, à ses gé-
missements. « Il part, disait-elle, il me
fuit, je ne le verrai plus! il va s'unir à
l'heureuse épouse qu'on lui destine. Il me
dit de vivre *paisible, heureuse*; ah! comment serai-je paisible loin de lui, heureuse
sans lui! Elle passa le jour à s'affliger, à se
plaindre du marquis. « Quelle dureté, s'é-
criait-elle! a-t-il pu partir sans me voir,
sans me parler, sans mêler ses larmes avec
les miennes! » Elle pleurait, elle écrivait,
déchirait ses lettres commencées, s'abîmait
dans sa douleur, reprenait sa plume et la
quittait encore. Son agitation, la violence
de ses transports l'accablèrent enfin, elle
fut malade, languissante pendant quelques
jours : mais les lettres du marquis, les re-
présentations de madame de Ranci, le retour de mademoiselle Duméril, ses soins,
son amitié, ramenèrent un peu de calme
dans son âme. Elle s'accoutuma à se dire,
à se répéter que jamais elle n'avait rien
espéré ; elle cessa de se plaindre de son
sort ; elle voulut s'y soumettre, et chercha

dans sa raison la force de supporter ces peines avec résignation.

Deux mois s'écoulèrent, pendant lesquels le marquis de Clémengis écrivait régulièrement à son aimable amie. Il ne lui disait point si ses nœuds étaient serrés; elle craignait de l'apprendre; mais elle devait bientôt être éclaircie du dessein de M. de Clémengis, et sentir, par une triste expérience, combien on éprouve de douleurs pendant le cours de ces attachements trop tendres, où le cœur se livre avec tant de plaisir, qui lui paraissent la source d'un bonheur si vif et si constant.

Une parente de mademoiselle Duménil se mariait à la campagne, environ à dix lieues de Paris. Elle épousait un homme fort riche: comme il avait longtemps désiré l'heureux moment d'être à elle, cet amant, comblé de joie, voulait rendre ses noces brillantes, et préparait des fêtes pour les célébrer. Henriette, invitée à partager les plaisirs qu'on se promettait de goûter dans des lieux consacrés à l'amusement, exigea de la complaisance d'Ernestine qu'elle l'accompagnât dans ce court et agréable voyage. Elle s'en défendit, mais elle céda enfin aux insces de son amie. Avant de partir, elle chargea madame de Ranci de lui envoyer ses lettres par un exprès : mais plusieurs jours s'écoulèrent sans qu'Ernestine reçût aucunes nouvelles ni d'elle ni du marquis.

En menant son amie à la campagne, mademoiselle Duménil n'avait pas songé que de toutes les dissipations, la moins capable de la distraire était le spectacle dont elle la rendait témoin. On donne peut-être les mêmes fêtes chez le maréchal de Saint-André, disait Ernestine en soupirant ; mais une joie si douce ne remplit pas le cœur du marquis ; il n'aime point, il ne jouit pas des plaisirs où se livrent ces heureux amants. Cependant il ne m'écrit plus ! Croyez-vous, demandait-elle à Henriette, qu'il cesse de m'écrire ? me privera-t-il de la seule consolation qui me reste ; ah ! sans doute il m'en privera, il ne pensera plus à moi, il ne s'informera seulement pas si j'existe encore : n'importe, il me sera toujours cher : mes sentiments pour lui m'occuperont sans cesse, jamais, jamais je ne perdrai l'idée du marquis de Clémengis ; et si le temps peut faire que je songe à lui sans douleur, je suis bien sûre de n'y songer jamais sans intérêt. » Henriette s'efforçait d'adoucir ses chagrins, de calmer ses inquiétudes : mais la situation d'Ernestine allait devenir si fâcheuse, que les conseils et les soins de l'amitié ne pouvaient plus rien sur son cœur.

M. de Maugis, ami des maîtres de la maison, arriva le matin du jour où tout le monde se disposait à revenir à Paris. On lui reprocha de ne s'être point rendu à des invitations pressantes, on lui rappela sa promesse. Il répondit que l'événement, dont on devait être instruit, l'excusait assez. Tout le monde l'environnant alors, dix personnes l'interrogèrent à la fois. « Quoi, dit-il, d'un air surpris, vous ignorez le malheur de Saint-Servains, celui de mon frère, et l'exil du marquis de Clémengis? »

Ernestine entrait dans le salon; ces paroles la glacèrent; elle resta debout près de la porte, s'appuya contre un lambris, et recueillit toutes les forces que lui laissait le saisissement de son cœur, pour écouter M. de Maugis.

« Oui, poursuivit-il, le comte de Saint-Servains est étroitement gardé, ses papiers sont enlevés, ses effets saisis. Mon frère avait sa confiance, on s'est assuré de lui : un secret impénétrable dérobe la connaissance du crime qu'on leur suppose.

Un homme dont le génie et l'application rendaient l'administration si heureuse, dont le désintéressement est connu, dont l'affabilité gagnait tous les cœurs, est noirci par l'envie; puisse-t-il confondre la calomnie, et revoir à ses pieds ses vils accusateurs ! »

« Que je plains votre frère, dit alors le chevalier d'Elmont, que je plains l'aimable marquis de Clémengis ! il allait épouser mademoiselle de Saint-André, ce mariage ne se fera plus. — Non assurément, reprit M. de Maugis ; il a reçu cette accablante nouvelle et l'ordre d'aller à Clémengis deux heures avant la signature des articles, et s'est hâté de prévenir le maréchal, en rompant lui-même leurs mutuels engagements. »

« Eh ! mon Dieu ! dit encore le chevalier d'Elmont, une circonstance bien cruelle fait que la disgrâce de son oncle devient un double malheur pour lui ; son procès ne se jugera-t-il pas incessamment ? — Oui, répondit M. de Maugis ; et tout Paris croit qu'il le perdra. »

Pendant ces discours, Henriette s'approcha insensiblement d'Ernestine, et passant un bras autour d'elle, l'entraînant hors du salon, elle l'aida à marcher et la conduisit dans sa chambre.

Pâle, froide, ranimée, Ernestine semblait insensible à cette nouvelle terrible et imprévue; elle promenait autour d'elle des regards stupides. elle ne pouvait parler, elle ne pouvait respirer. Mademoiselle Duménil l'invitait en vain à répandre des larmes, en la baignant des siennes; le serrement de son cœur ne lui permettait pas d'en verser. Fixant enfin les yeux sur son amie, elle la regarda long-temps, et levant au ciel ses mains tremblantes : « Que ne suis-je morte, dit-elle, ah! que ne suis-je morte, avant d'avoir appris que M. de Clémengis est malheureux! »

Ses pleurs coulant alors avec abondance, soulagèrent un peu l'oppression de son âme, rappelèrent ses esprits : mais quelle agitation, quels cris de douleur succédèrent à son accablement! « Exilé, ruiné, perdu, répétait-elle! lui! le marquis de Clémengis! »

Paraissant tout-à-coup se calmer, elle essuya ses pleurs, prit les mains d'Henriette, et la considérant un moment, baissant les yeux, les relevant sur elle, poussant de profonds soupirs, elle semblait hésiter à lui découvrir sa pensée.

Je vous afflige, lui dit-elle; hélas! je

vais peut-être vous révolter ; mais au nom de votre amitié, ne vous opposez point à mes desseins : j'ai un projet, ne le combattez par aucune raison, par aucun discours. O ma chère Henriette ! je n'abandonnerai point M. de Clémengis ; il est exilé, son mariage est rompue, sa fortune détruite, il va perdre le reste de ses espérances ! il est affligé, malheureux ! je veux partir, aller le trouver, ma vue sera peut-être un adoucissement à ses peines. Si je ne puis le consoler, je partagerai ses maux : je veux gémir, souffrir, mourir avec lui ? Ne me dites rien : non, ne me dites rien ; ne me parlez ni du monde, ni de ses cruelles bienséances ; je les rejette si la dureté les accompagne : est-il des lois plus saintes que celles de l'amitié ? des devoirs plus sacrés que ceux de la reconnaissance ? A qui dois-je des égards ? je ne tiens à personne : si ma démarche est une faute, j'en rougirai seule. Je veux dénaturer tout ce que je possède, je veux rendre en secret à M. de Clémengis tous les biens que j'ai reçus de lui, ah ! pourrais-je en jouir à présent ! heureuse aux yeux des autres, ingrate aux miens, comment supporterais-je la vie ! »

Mademoiselle Duménil pensait trop no-

blement pour ne pas approuver une partie
du dessein de son amie; et dans celle qui
lui paraissait mériter plus de considération,
elle la voyait si attachée à ses propres idées,
qu'entreprendre de la détourner d'aller à
Clémengis, c'était l'affliger beaucoup, sans
pouvoir s'assurer de changer sa résolution : elle ne lui dit donc rien, la laissa
maîtresse d'interpréter son silence, et toutes
deux se hâtèrent de revenir à Paris.

Pendant la route, Ernestine se souvint
d'un honnête vieillard qui prenait soin des
affaires de M. de Clémengis, et lui était
extrêmement attaché; il s'appelait Lefranc. Pendant son séjour chez M. Duménil, elle le voyait souvent avec lui. Le
marquis avait employé le peintre sur la
parole de M. Lefranc, qui vantait sans
cesse son talent. Elle se rappela qu'il lo-
geait dans le voisinage, et son premier soin
en arrivant à Montmartre, où elle voulu
descendre, fut d'inviter cet homme, par
un billet pressant, à venir lui parler le
lendemain de grand matin : une affaire
importante, où il pouvait l'obliger, l'engageait, lui disait-elle, à l'entretenir et à le
consulter. Il se rendit à l'abbaye à l'heure
diquée.

La présence d'un homme qui aimait

M. de Clémengis, qui tenait à lui, excita
la plus vive émotion dans le cœur d'Ernestine. Elle voulut s'expliquer, commença à parler, mais ses pleurs la forcèrent
de s'arrêter.

Le bon vieillard, charmé de revoir la
belle élève de son ancien ami, l'assurait
de son empressement à la servir, et lui faisait mille protestations de suivre exacte-
ment les ordres qu'elle allait lui donner. Il
n'ignorait pas combien elle était chère au
marquis, et pensait lui devoir les mêmes
égards qu'il aurait eus pour la sœur de
M. de Clémengis.

Ernestine accepta ses offres de service,
elle lui ouvrit son cœur, s'étendit sur les
bontés du marquis, sur la reconnaissance
qu'elle en conservait toujours ; et remet-
tant entre les mains de M. Lefranc ses bijoux, ses pierreries et plusieurs effets com-
merçables, elle le chargea de les vendre et
d'en faire toucher l'argent à M. de Clémengis, sans jamais lui découvrir d'où il
venait. Ensuite elle le pria de s'arranger
avec mademoiselle Duménil, pour em-
prunter sur sa terre, afin de grossir la
somme, et lui recommanda la diligence et
le secret.

9

CHAPITRE XIII.

Bonheur et joies. — Événement inattendu.
— L'amour satisfait et la vertu récom-
pensée.

M. Lefranc savait qu'Ernestine devait
sa fortune à M. de Clémengis; mais il ne
savait point de quels moyens il s'était servi
en l'obligeant. Son billet lui persuadait que
cette fortune dépendait du marquis; et son
premier mouvement, en la voyant si affligée, avait été de penser que, dans la circonstance présente, elle voulait prendre
des mesures avec lui sur ses intérêts.

Une surprise, mêlée d'admiration, le
rendit muet pendant quelques instants; il
regardait Ernestine, portait les yeux sur
le dépôt qu'elle lui confiait, la regardait

encore, semblait douter s'il ne se trompait point. « Hésitez-vous à me servir, lui demanda-t-elle d'un air inquiet! — Non, mademoiselle, non, lui dit-il; je remplirai vos désirs, je les surpasserai peut-être; soyez tranquille, je m'acquitterai fidèlement de l'emploi dont vous daignez me charger. M. le marquis a bien placé les affections de son cœur; je souhaite que le ciel lui rende le comte Saint-Servains, sa fortune, sa santé, et lui conserve une amie aussi tendre, aussi respectable que vous. »

« Sa santé! interrompit vivement Ernestine; ah, mon Dieu! serait-il malade? — Ne vous effrayez pas, mademoiselle, reprit M. Lefranc, il l'a été, il l'a beaucoup été, mais il se trouve mieux; j'espère le voir avant peu; si le succès ne trompe point mon attente, je serai à Clémengis avant la fin de la semaine. Calmez-vous, mademoiselle, je ne partirai pas sans envoyer prendre vos ordres; je vous écrirai peut-être ce que la crainte d'élever de fausses espérances dans votre cœur m'oblige de taire à présent. » En achevant ces mots, il la salua respectueusement, et prit congé d'elle.

Quelle nouvelle amertume pénétra l'âme

d'Ernestine! Le marquis de Clémengis
malheureux, le marquis de Clémengis
malade, en danger peut-être! comment
soutenir cette cruelle idée? Si le silence
d'Henriette montrait qu'elle condamnait
sa démarche, si la crainte de déplaire à
cette véritable amie mêlait un peu d'in-
décision à ses desseins, l'état du marquis
l'emporta sur toutes les considérations qui
pouvaient l'arrêter encore. Elle écrivit à
mademoiselle Duménil. Sa lettre détermina
Henriette à lui prêter une chaise, un de
ses gens pour courir devant elle, et à lui
envoyer des chevaux de poste, comme
elle l'en pressait. A midi, madame de Ranci
et elle partirent.

Que d'impatience pendant la route, que
de soupirs, de larmes! « Ah! si je ne le
voyais plus, disait-elle à madame de Ranci,
si le ciel me privait de lui, si j'étais con-
damnée à pleurer sa mort? ah! pourrais-
je vivre, et me dire, et me répéter, il n'est
plus! »

Une nuit passée à gémir, tant de trouble, d'agitation, et la fatigue du voyage
épuisèrent ses forces; dès le second jour
de sa marche, elle fut obligée de s'arrêter
dans un petit village : elle ne pouvait supporter le mouvement de la chaise; elle

s'évanouissait à tous moments. Madame de Ranci obtint enfin de sa raison, de sa complaisance, de son amitié, qu'elle prendrait de la nourriture et du repos. Un sommeil long et paisible la rafraîchit, la mit en état de continuer sa route le lendemain, et d'arriver à Clémengis le soir du second jour.

Plusieurs des gens du marquis connaissaient Ernestine. Les premiers qui l'aperçoivent, courent l'annoncer à leur maître; il ne peut les croire. Elle entre. Il la voit, il doute encore si c'est elle. Elle avance en tremblant, tombe à genoux devant son lit, reçoit la main qu'il lui tend, la serre faiblement dans les siennes, la baise, l'inonde de ses pleurs.

« Est-ce elle? est-ce Ernestine, répétait le marquis, en l'obligeant à se lever, à s'asseoir près de lui: Quoi! ma charmante amie daigne me chercher! chère Ernestine! quelle douce, quelle agréable surprise! Ah! je n'attendais point cette faveur précieuse. »

« Eh! pourquoi, monsieur, pourquoi ne l'attendiez-vous pas, lui demanda-t-elle du ton le plus touchant? Me mettiez-vous au rang de ces amies que la disgrâce éloigne? me croyiez-vous insensible, ingrate? avez-vous oublié que vous êtes tout pour moi dans l'univers. Ah! si ma présence, si mes soins, si les plus fortes preuves de ma tendresse peuvent adoucir vos peines, parlez, je ne vous quitte plus; tous les instants de ma vie seront heureux, s'il en est un seul dans le jour où ma vue, où mon empressement à vous plaire dissipent le souvenir de vos pertes, portent un rayon de joie dans votre âme . . »

Le visage de M. de Clémengis se couvrit de rougeur; il prit les mains d'Ernestine, il les arrosa de larmes brûlantes. « Ah! comment, s'écria-t-il, ai-je immolé le plus grand bonheur à de vains égards! mes plus ardents désirs à de bizarres préjugés! Est-ce Ernestine, est-ce l'aimable fille que je sacrifiais à l'avide ambition, au fol orgueil, qui conserve pour moi des sentiments si tendres? Elle cherche un malheureux, un proscrit peut-être! sa généreuse compassion l'attire dans ce désert, elle vient me consoler : ah! je sens déjà moins des peines qu'elle daigne partager; tout cède à présent dans mon cœur, au regret de ne pouvoir reconnaître ses bontés. »

Ernestine allait parler, quand des voix

confuses se font entendre ; on ouvrit brusquement. M. Lefranc, plutôt porté qu'introduit par les gens du marquis, entra en criant : « Votre procès est gagné tout d'une voix, monsieur; on parle au comte de Saint-Servains, ses accusateurs sont arrêtés : je n'ai pas voulu qu'un autre vous apportât ces heureuses nouvelles. »

« Mon oncle justifié, mon procès gagné! s'écria le marquis; je pourrai donc suivre les inspirations de mon cœur, payer tant d'amour, de noblesse , de vertus. Viens, ma chère Ernestine, viens, répéta-t-il, transporté de plaisir; viens dans les bras de ton époux : Mes enfants, voilà votre maîtresse; et tendant la main à M. Lefranc : Et vous, mon honnête ami, soyez le premier à féliciter la Marquise de Clémengis »

Des cris d'allégresse s'élevèrent alors dans la chambre. Ernestine était aimée, elle était respectée; elle méritait le bonheur dont elle allait jouir. Madame de Ranci levait les mains au ciel, lui rendait grâce, embrassait Ernestine, prononçait de tendres bénédictions sur le marquis et sur elle. M. Lefranc, trahissant le secret qu'on lui avait confié, re contait à M. de Clémengis l'action généreuse d'Ernestine. Elle seule, craignant encore pour des jours si chers, n'osait se livrer à la joie. On la rassura : le marquis était faible, mais il était convalescent, et le plaisir allait lui rendre la santé...

Mais épargnons au lecteur fatigué peut-être des détails plus longs qu'intéressants. Il peut aisément se peindre le bonheur de deux amants si tendres. Le comte de Saint-Servains, vengé de ses ennemis, rentra dans les fonctions de son ministère; il pardonna à son neveu un mariage qui le rendait heureux. Henriette partagea la félicité de son amie. Madame de Ranci retourna dans sa retraite, où les soins attentifs de madame de Clémengis prévinrent ses désirs... et moi, qui n'ai plus rien à dire de cette douce et sensible Ernestine, je vais peut-être m'occuper des inquiétudes et des embarras d'une autre

FIN DE L'HISTOIRE D'ERNESTINE.

Clichy. — Impr. M. Loignon, Paul Dupont et Cie, rue du Bac-d'Asnières, 12.